MARÂTRE

Caroline de Bodinat a d'abord travaillé dans la communication avant de suivre une formation de journaliste. Stagiaire à trente ans à *L'Humanité*, elle se spécialise dans l'écriture du portrait. Aujourd'hui pigiste pour différents titres, parmi lesquels *Libération* et *Madame Figaro*, *Marâtre* est son premier roman.

CAROLINE DE BODINAT

Marâtre

FAYARD

ISBN : 978-2-253-17348-9 – 1re publication LGF

À Isabelle Seguin.

Chapitre 1

Eugène se présenta le soir de l'inauguration de nos nouveaux bureaux, je lui répondis :

— Eugène ? Eugène… Comme le prénom du chat de ma voisine. Bonsoir, je suis Mathilde.

Je lui tendis la main, n'ajoutai rien, plissai les yeux et souris comme ça, le visage légèrement penché. La grande parade du traquenard à quadras. Il s'appelait vraiment Eugène. Je ne le compris qu'après, à son sourire en coin.

— Il faut croire que mes parents n'avaient pas de chat à baptiser. J'imagine que nous aurons à nouveau l'occasion de nous croiser.

Puis il tourna les talons et s'éloigna du bar.

Pas mal, Eugène. Pas mal du tout, me répétai-je en esquissant un sourire de peste à Gabriel Felon. Il venait enfin de m'embaucher après avoir épuisé tout ce que le droit du travail lui offrait de variantes en matière de contrats à durée déterminée.

— Alors, Rocheron, lança-t-il en s'approchant de moi, on a tendu ses lignes… Ça mord déjà, on dirait ?

— Ça taquine doucement.

— Et puis je vois qu'on n'a pas lésiné sur les appâts…

— Comment ça ?

— Votre jupe, Rocheron, elle est tellement courte que s'il fallait emballer un sushi avec, même le riz dépasserait. Vous imaginez ce que vont penser les clients de l'agence ?

— Que vous mégotez sur les frais de représentation, un truc dans le genre, non ?

— Si on ne peut plus plaisanter avec le petit personnel, où va-t-on ? Vous voulez une quinzième coupe ? Je vous l'offre.

— Monsieur le président est trop aimable mais, si je puis me permettre une remarque, je n'ai pas tant bu que ça !

— Votre ramage prouve le contraire, chère hirondelle, me dit-il en cherchant des yeux un serveur.

Rocheron, c'est ce qui précède mon prénom sur ma feuille de salaire et mon passeport. Ma facture d'eau, d'électricité, mes quittances de loyer.

Je vis à Paris, je passe rarement le périphérique, j'ai trente-deux ans, un caractère de chat de gouttière, je suis célibataire et Gabriel Felon ne comprend pas pourquoi. Pourquoi je ne panique pas plus à l'idée d'égrener les semaines seule ou mal accompagnée. Moi, si, je comprends. J'arrive trop tard, dés jetés, déjà mariés. Ou trop tôt, pension alimentaire non négociée. Ou pire, pas crédible, n'a encore jamais épousé.

Alors, en attendant, je tends les bras aux relations extraconjugales. Maîtresse sans vagues, *backstage* sans mélo, je suis la cause officieuse des réunions interminables ou des dîners clients auxquels un mari assure à son épouse qu'il ne peut couper.

Je cumule les vendredis soir désœuvrés, on m'embrasse les jours ouvrés. Je cours chez le coiffeur à l'approche d'un rendez-vous heureux, change de couleur de vernis comme un chef retoque chaque semaine ses menus, ne traîne jamais en jogging, même pour descendre au kiosque. Je n'ai pas de jogging.

Les berceaux ne me tentent pas. Mon horloge biologique n'a jamais carillonné. Je préfère les enfants des autres.

Felon passe son temps à m'asticoter :

— Rocheron, dites donc, ça défile, les chevaliers !

Je le laisse jouer. Il me livre ses pronostics quand, au bureau, un as de pique, un roi de cœur ou un petit valet viennent à m'enlever. Il m'interpelle :

— Et lui, vous l'avez cueilli où ? Il ne m'a pas l'air d'un prix Nobel.

Alors je lui décline les pedigrees et il répète avec un soupir navré :

— Antoine… Commercial en informatique… Ça fait rêver.

Parfois, au gré des castings, Felon s'agace :

— Encore là, celui-là ? Notez, la volonté, ça paie toujours. Sérieux, Rocheron, vous ne trouvez pas qu'il a le front bas ?

Personne au bureau ne sait que Gabriel Felon porte des slips bordeaux. Bordeaux et échancrés. Sa femme les lui achète par lots de trois. Quand, en réunion, Gabriel catéchise mon manque de productivité, je me le remémore moulé dans son Éminence lie-de-vin à 20 % d'élasthanne. Et l'orage passe. Je l'aime bien, Felon, maintenant que la complicité du polochon est consommée. Il est jaloux, marié à l'héritière d'une fortune de l'immobilier, n'a pas les moyens de se séparer et passe ses vacances à se bouffer le nez avec son beau-frère dans le mas familial de Ramatuelle. Il me parle de ses trois gamins et ne sait plus comment faire quand leurs seules notes au-dessus de la moyenne sont celles de leur téléphone.

Je l'observai revenir la mine réjouie, une bouteille de champagne coincée sous le bras, deux coupes à la main :

— Vous pensiez à quoi, là, avant que j'arrive ? Vous m'aviez l'air bien songeur.

— Je pensais que nous ne nous sommes jamais tutoyés. Même au lit.

— Dites-moi plutôt, comment vous le trouvez, Boissot ?

— Boissot ? C'est qui, Boissot ? Connais pas.

— Vous discutiez ensemble il y a cinq minutes au bar.

— Ah ! Eugène !

— Oui... Eugène Boissot, reprit-il, agacé.

— C'est marrant, il n'a pas une tête à s'appeler Eugène. C'est assez baroque, comme prénom. Que voulez-vous que je vous dise ? Il commence quand à l'agence ?

— Pour votre information, Eugène Boissot est directeur du marketing France chez BMW.

— Et alors ?

— Nous venons de signer cet après-midi l'organisation de leur séminaire pour la fin juin. Votre idée de bergerie en Corse l'a emballé. Que vous a-t-il dit ?

— Que ses parents l'avaient appelé Eugène parce qu'ils n'avaient pas de chat à baptiser.

— C'est une plaisanterie ?

— À votre avis ?

— Boissot, je vous explique, c'est un gros poisson. Du genre à vous péter une ligne en se barrant avec l'hameçon. Donc, gaffe, ça fait plusieurs mois que je le ferre. Alors, révisez le contenu de votre disque dur, oubliez vos vannes à deux balles, élevez le niveau, lisez *Télérama*.

Nouveau budget, grandes phrases. J'écopai de l'organisation du séminaire sous la houlette de la directrice associée, Ève Naville, qui n'avait pas dû voir l'intérêt de m'informer. Aussi sexy qu'un bol de boulgour, chignon bas de comptable, jamais plus de trois centimètres de talons à cause de sa scoliose, elle gérait la division « séminaires et conventions ». Tatillonne sur la marge, elle considéra d'abord le séminaire BMW avec mépris, le budget se révélant bien moins élevé que celui de la convention des Centres Leclerc à Capri.

Tout se déroula comme je le pressentais. Ève apprit sur le bout du doigt les brochures BMW. En moins de quinze jours, elle savait replacer sur la carte de France la totalité des concessionnaires. Même à l'aveugle. Elle devint incollable sur les motorisations, ne prononçait plus le terme de 4 × 4 mais parlait avec des airs d'initiée de SUV. Devant mes regards interrogateurs, elle répétait, exaspérée, en se déformant les lèvres à chaque lettre : « S-U-V ! *Sport Utility Vehicle.* Vous ne vous intéressez donc pas à ce client ! » Bien sûr que si, je m'en préoccupais. Mais nous n'avions pas, à son égard, les mêmes centres d'intérêt. Mes recherches s'étaient essentiellement concentrées sur le site des pages blanches. Je pianotais Boissot, Paris. Rien. Boissot, Neuilly, Levallois. Rien. *Vous avez saisi : Boissot, Eugène, Île-de-France… Il n'y a pas de réponse à votre demande.* N'arrivant pas à songer à autre chose, je m'endormais avec le souvenir de sa voix grave et de ses mains sans alliance.

C'est Ève qui fut invitée au lancement de la X5. Elle encore qui décolla, destination la Corse, pour repérage avec Boissot, pendant que je distillais mes emballements de rosière en tête à tête avec la photocopieuse. Le séminaire approchait, je m'entraînais à corriger ma démarche de héron avec mes nouveaux stilettos. J'optai pour les soins que s'offrent les futures mariées avec modelage régénérant et gommage peau de pêche. J'étais ridicule et débordée. Un soir, vers vingt heures, Ève me fit venir dans son bureau et me demanda d'assister au rendez-vous du lendemain, fixé à huit heures tapantes chez BMW. Présence requise pour rédiger le compte rendu de la réunion.

— Et ne sois pas en retard, s'époumona-t-elle, alors que j'avais déjà passé la porte de son bureau, il y aura le vice-président Europe. Pour demain, tu prépares les documents, photocopiés et reliés avec la thermocolleuse en huit exemplaires et tu m'attends en bas, à l'entrée.

Le mascara éborgneur, j'étais à moins dix, le lendemain, devant la réception. Un quart d'heure plus tard, je m'aperçus qu'Ève ne m'avait pas attendue. Saloperie. J'arrivai en retard à la réunion, crispée et écarlate. Ève m'excusa auprès de l'assistance en me jetant un regard de dragon. Elle me présenta à la haute direction par mon prénom. Boissot me sourit, amusé de mon embarras. Il me glissa des regards appuyés que je lui retournai. Je lui glissai des regards appuyés qu'il me retourna. Il avait l'iris flambeur, des mains qui me faisaient fantasmer, des épaules carrées, un ventre plat et un mauvais goût absolu question choix de cravate. Totalement déconcentrée, je ne captai qu'une observation sur trois des points-clés de la réunion.

Une fois en Corse, je fus surprise et un peu agacée de voir sortir une grande brune du même hélicoptère que Boissot.

— C'est qui, cette fille ? demandai-je à Gerhard, le directeur de la communication interne, avec lequel je travaillais sur le séminaire.

— C'est Amélie.

— Quoi Amélie ?

— Je peux te dire que t'as intérêt à copiner avec elle.

— Pourquoi ?

— C'est la maîtresse de Boissot.

Le détail m'avait échappé. Je suivis le conseil de Gerhard et me rapprochai d'Amélie avec la bienveillance d'un député-maire en campagne. Amélie était assistante marketing sur la série 3 et se sapait imitation couture, noir clinquant et quincaillerie. Elle s'empressa d'accepter la pause café que je lui proposai, me questionna sur ma directrice. Ève la toisait, Amélie s'en plaignit. Ma compassion de vendeur de cercueils la rassura : elle ne me lâcha plus du séminaire. À la fin du dîner de gala, je connaissais sa marque de céréales préférée et j'avais appris qu'il y avait de l'eau dans le gaz avec son fiancé. Cinq ans qu'ils étaient ensemble. Eugène avait quitté sa femme pour elle. Mais il avait trompé Amélie avec Irène, qui, dans l'organigramme, était chef de produit des séries 5. De retour à Paris, c'en était assez, Amélie le plaquerait.

— Tu vois Irène, c'est la grande tige, là-bas ! fit Amélie, le menton tendu et méprisant vers un petit groupe posté de l'autre côté de la terrasse.

Pour mesurer le taux d'exaspération que générait le sujet, je répondis à Amélie que je ne voyais rien.

— Mais si, reprit-elle, excédée. La blondasse, là… La pétasse en rouge, ma parole, t'es miro ?

Je dis oui pour éviter l'esclandre et Amélie reprit l'inventaire sur Boissot. Il avait deux enfants.

— Des sales gosses, ajouta-t-elle. Des mômes gavés au Fanta, mal élevés, du fonds de commerce de psychanalyste. Un week-end sur deux, ils viennent se faire servir et couvrir de cadeaux par un père qui ne s'est pas remis de son divorce. Il leur fait couler leur bain, tu te rends compte, l'aîné a quinze ans ! Il leur beurre même leurs tartines quand il ne les bourre pas de pains au chocolat qu'il va chercher aux aurores, alors qu'il n'arrive pas à se lever la semaine.

Mais non, elle force le trait, ce doit être l'alcool, supposai-je, pour me rassurer. Je songeais à Boissot, à ses gamins, à la mousse du bain, aux tartines beurrées par papa. Je saisis la bouteille de myrte. Les prunelles explosées, Amélie fixait le goulot et attendit que la dernière goutte s'écrase dans mon verre pour conclure :

— Mariée dans l'année !

— Je suis célibataire et j'ai bien l'intention de le rester.

— Eh ben moi, je le serai bientôt ! Allez, je me tire, je vais me coucher. Tu n'aurais pas du Nurofen ?

Je répondis que non, désolée. Elle partit en crabe vers la bergerie. Au revoir, Amélie ! Nous nous revîmes à Paris quelques semaines plus tard pour déjeuner. À peine installée à table, elle me précisa qu'elle avait rompu et qu'il avait pleuré lorsqu'elle avait sonné la fin de la récré. Elle acheva de me brosser le portrait d'Eugène. Il n'était qu'un lâche à ses yeux, égoïste et fils unique. Ils ne sortaient pas quand il avait la garde de ses enfants, ni le week-end, ni pendant ses deux semaines de vacances annuelles, jamais. « Pour l'anniversaire de notre rencontre, il a fallu se faire un Monopoly avec les gosses parce qu'ils s'ennuyaient et que leur père se refusait à les laisser seuls pour la soirée. Non mais tu le crois ? » s'indigna-t-elle en commandant une bouteille de chianti avant d'entamer un nouveau couplet sur l'ex-femme d'Eugène. Ils ne se parlaient que par mails interposés. Elle faisait chier à téléphoner aux enfants, de préférence à l'heure des repas. Au moment du divorce, elle avait exigé la garde des gamins, l'appartement familial, les meubles, les bibelots et, en prime, le nom de Boissot, au cas où un jour Eugène projetterait de se remarier. Amélie faisait de grands gestes avec sa fourchette sans remarquer que ses tagliatelles au pistou mouchetaient la lavallière de son nouveau chemisier. Je noyai son apocalypse en remplissant son verre de chianti. Elle repartit de plus belle sur l'enfer des négociations à propos de la pension alimentaire. « Même Venise, on n'y aura jamais foutu les pieds », soupira-t-elle, amère, le regard perdu dans le ballet de gondoles peint en trompe-l'œil sur les murs du bistrot italien. Elle repoussa son tiramisu et proposa de partager l'addition.

Malgré l'état de cette fille attachante et blessée, celui de son chemisier, le tableau qu'elle avait brossé d'Eugène et la vue d'ensemble que j'avais désormais du sujet, l'envie sérieuse de prendre le relais m'obsédait.

Chapitre 2

Passé l'été, la rentrée, octobre et novembre, je désespérais de revoir Boissot. J'hésitais à ressortir des archives les photos du séminaire en Corse quand Ève me convoqua dans son bureau :

— Il faut que tu appelles Boissot.

— Moi ? lui répondis-je bêtement.

J'avais les pommettes en feu.

— Il veut te parler, reprit-elle en haussant les épaules. Je ne vois pas trop à quel sujet puisqu'il vient de me confier le lancement de la X3, une centaine de concessionnaires, à Megève. Téléphone-lui aujourd'hui.

Je sortis de son aquarium, sourire aux yeux, et partis déjeuner avec Philippe. Nous partagions le même bureau. Philippe était une diva et se comportait comme tel, avec extravagance et grands éclats. Il pratiquait le terrorisme affectif, n'avait aucune patience, je ne lui résistais pas. Il m'avait désignée comme sa dauphine une semaine après que mon CDI fut signé. Il menaçait régulièrement de me destituer de mon titre, me rétrogradait au rang de baronne à chacun de mes faux pas.

Je ne connaissais pas grand-chose de lui si ce n'est qu'il était attiré par les garçons depuis le collège. Les relations tièdes l'empoisonnaient, il aimait conspirer, nouait et dénouait les amitiés autour de la machine à café.

À table, je lui demandai d'assister au coup de fil. L'intrigue émoustilla sa curiosité. De retour à l'agence, il enclencha son répondeur. Les pieds sur son bureau, il attaqua un paquet de Jelly Beans en me regardant faire.

— Bien entendu, annonça-t-il, une dauphine ne prend jamais de râteau…

— Je croyais que t'étais au régime, lui fis-je remarquer en cherchant le numéro de Boissot.

— Il y a exception pour les grandes causes…

Je mis le haut-parleur, attendis que la secrétaire m'annonce.

— Ah ! Mademoiselle Rocheron, attaqua Boissot. Vous devez être très sollicitée, ça fait deux semaines que j'attends votre coup de fil.

— Pardonnez-moi, mais Ève m'a prévenue ce matin que vous cherchiez à me joindre, il est quinze heures. Je vous ai laissé le temps de déjeuner. Que puis-je faire pour vous ?

— C'est bien vous qui vous êtes occupée de ce séminaire lamentable en Corse ?

Philippe tendit les lèvres en plissant les yeux, comme on s'apprête à embrasser un adolescent criblé d'acné.

— Lamentable ? répétai-je, désarçonnée.

— Oui, lamentable, insista Boissot.

— Pardon, mais je ne comprends pas. Vous avez quasiment refusé toutes les recommandations que je vous avais faites. Alors, lamentable, je veux bien, mais je ne saisis pas très bien où se trouve ma part de responsabilité.

— Je dis lamentable parce que vous ne m'avez pas adressé la parole pendant ces trois jours. Je ne sais pas ce que je vous ai fait, Mathilde, pour mériter de votre part une telle distance ?

— Rien, monsieur. Rien. Mais, il me semble que pendant le séminaire vous étiez quelque peu… occupé. Et, sinon ? Plus sérieusement. Que puis-je faire pour vous ?

— Je viens de mandater votre agence pour un lancement de produit à Megève. J'aimerais que vous soyez impliquée dans le dossier.

— C'est à voir avec ma direction, monsieur. Enfin, si vous me permettez, j'ai peut-être laissé passer six heures avant de vous rappeler, mais contrairement à vous, au moins je me manifeste.

— Comment ça ?

— Une fois par mois, je vous fais adresser une invitation pour une dégustation de grands crus. J'ai compris, en préparant le séminaire, que vous n'y étiez pas insensible. Cela depuis juin. Faites le compte, nous entamons le mois de novembre…

— Vous est-il venu à l'idée de joindre votre carte de visite à ces invitations ? Quand c'est anonyme, je balance tout au panier. À chaque soirée, je repars avec trois CV, un stock de demandes de stages, quand ce n'est pas du sponsoring.

— Non, je misais sur l'effet de surprise.

— C'est quand, la prochaine dégustation ?

— Le 8 décembre. Votre secrétaire a déjà décliné l'invitation.

— Ne quittez pas, je vérifie mon agenda… Le 8, vous dites ? C'est à quelle heure, votre truc ?

Philippe mima le geste de l'archet glissant sur un violon.

— Mon truc, comme vous dites, est à dix-neuf heures. Il y en a pour deux heures, romanée-conti.

— D'accord, c'est noté. Après, je vous invite à dîner.

— M'inviter à dîner ? C'est très aimable, mais dans quel objectif ?

— Comment ça ?

— Oui, c'est quoi, l'idée ? Parce que me sortir le grand jeu en m'invitant chez un étoilé et me couvrir de fleurs jusqu'à ce que je devienne votre maîtresse, si c'est ça votre idée, je vous en remercie, je suis très flattée mais ça ne m'intéresse pas.

— Et qu'est-ce qui vous plairait au juste ?

— Au minimum, que vous m'épousiez. Après, on verra.

Philippe ôta subitement les pieds de son bureau, me cria tout bas « T'es malaaade ? ». De l'autre côté du fil, il y eut un blanc et des points de suspension.

— Je peux vous rappeler ce soir ? Je ne suis plus seul dans mon bureau.

— Vous trouverez mon numéro dans les pages blanches.

— Mathilde ?

— Oui ?

— Vous ne demandez quand même pas à tous vos clients de vous épouser ?

— Seulement à ceux qui me trouvent lamentable. Vous êtes le seul. Bonne fin de journée.

Je raccrochai, les mains moites, en fixant Philippe, j'attendais son verdict :

— Viens par là, ma dauphine, que je t'embrasse. Ce soir, on sort.

Pendant le dîner, Philippe paria que Boissot avait déjà saturé ma boîte vocale. Quand je rentrai chez moi, le répondeur clignotait. Je souris. 21 h 07. « Bonsoir, Mathilde, c'est Eugène, Eugène Boissot… Bon… Je retenterai plus tard… » 21 h 12. « Allô ? C'est encore moi. Enfin, Eugène. Mon numéro de portable est le suivant : 06 03 57 03 55. Je parie que vous n'avez pas de stylo. 06 03 57 03 55. Téléphonez-moi uniquement si vous voulez toujours m'épouser. J'attends votre appel. Même tard. »

Mon portable sonna, c'était Philippe :

— Alors ?

— Deux messages.

— Naturellement, tu ne vas pas le rappeler.

— Si. Maintenant.

— Un conseil, abrège, évite la mièvrerie.

— Parce que c'est mon genre ?

— Avec une demi-bouteille dans le nez, oui.

— Promis, je fais court. Merci pour le dîner. À demain.

Je me fis un thé avant d'appeler Eugène. Minuit dix. Raisonnable. Il décrocha à la première sonnerie.

— Je vous réveille ? Il est tard, c'est Mathilde.

— … Non, non. Vous ne me réveillez pas.

Il avait la voix de ceux qu'on arrache au premier sommeil, me demanda trente secondes, éteignit la radio, reprit le combiné.

— Alors, comme ça, vous voulez m'épouser ?

— Oui.

— Vous ne savez rien de moi.

— Si.

— Ah oui ? Et quoi ?

— Vous avez divorcé il y a quatre ans. Vous avez deux enfants, ils viennent chez vous un week-end sur deux. L'aîné s'appelle Vincent. Il a quinze ans. Votre fille, Chloé, en a bientôt onze. Vous ne parlez à votre ex-femme que par mails, elle a gardé l'appartement. Vous vous êtes séparé d'Amélie début juillet. Vous avez pleuré. Vous avez racheté les parts de la maison que vous aviez achetée ensemble, près de Nîmes. Vous êtes égoïste, partir en week-end, les fleurs, c'est pas trop votre truc. Vous êtes fils unique et vous vous comportez comme tel. Vous avez trompé Amélie et elle vous a éclaté la lèvre quand elle vous a chopé en bas de chez Irène. Vous portez Fahrenheit. Cette eau de toilette vous va bien. Et vous avez mis plus de six mois à trouver une parade bidon simplement pour me parler.

— Je vois que je n'ai pas grand-chose à ajouter. Si ce n'est que je n'ai pas pleuré quand Amélie m'a quitté, puisque c'est moi qui lui ai demandé de partir. Et oui, j'ai mis du temps à vous appeler parce que je voulais être… Comment vous dire ?… Être clair dans ma tête le jour où je le ferais.

— Et maintenant ?

— Si vous êtes libre le week-end prochain, je vous invite à Londres. Je suis moins radical que vous dans les annonces, mais l'histoire pourrait commencer comme ça. Et puis, j'aimerais avoir votre numéro de portable.

Il y eut un bouquet de roses déposé à mon intention, le lendemain matin, au bureau. Sur sa carte de visite, un mot : « Je vous attends à quinze heures au comptoir du Balzac, au coin de l'avenue de Friedland. »

— Philippe ?

— Quoi, encore ? dit-il sans lever la tête de son clavier.

— Si j'avais une réunion à quinze heures avec Ève pour la convention Leclerc à Capri alors que celui qui vient de me faire livrer des fleurs me demande d'être à la même heure au coin de la rue Balzac et de l'avenue de Friedland, à ma place, tu ferais quoi ?

— J'irais me changer. Je t'ai déjà dit que pratique ne rimait pas avec esthétique.

— Je te laisse gérer avec Ève ?

— Tu devais déjà être dans le taxi…

J'arrivai en retard, en jupe, en fille et en apesanteur. Il se tenait de profil, au comptoir, béat devant son Perrier. Je répondis à son regard de ciné-club par un sourire idiot, mon sens de la repartie venait de me larguer.

— Mathilde… Je ne joue pas. Et je n'ai pas envie de jouer.

— Moi non plus.

— C'est une des questions que je me pose.

— Vous avez la réponse.

— Vous me voyez totalement rassuré, avança-t-il, ironique.

Il attendait la suite.

— Je peux vous dire que depuis le soir où je vous ai croisé, je pense à vous comme si vous me manquiez. Si je joue, oui, c'est uniquement des cils. Je peux vous dire que je n'ai jamais demandé qui que ce soit en mariage, je ne cherche pas un géniteur pour des enfants, ni à m'embourgeoiser. Moi aussi, j'ai réussi à foirer des histoires d'amour. Plein. J'ai dit oui, une fois, à une demande faite par fax jusqu'à la fin d'un rouleau de papier, parce que je trouvais ça romanesque, j'avais vingt-trois ans. On m'a trompée et j'ai trompé. Alors, j'ai annulé le mariage avant d'envoyer le bon à tirer des faire-part. Je suis une butineuse, c'est vrai. Depuis que je vous ai croisé, les autres ne m'intéressent plus ou pas. Quand je vous parle, mon assurance se déballonne. J'aime votre voix qui prononce mon prénom, il vous va bien. Quand vous me regardez comme vous le faites maintenant, j'ai envie de vous. J'ai envie de marcher avec vous, j'ai envie de légèreté, de vous connaître, de vous aimer. Je vous prends avec vos défauts et je crève de soif, je commanderais bien une menthe à l'eau.

— Sacrée tirade ! répondit-il en faisant signe au serveur.

— Je m'attendais à mieux comme réaction.

— Je me demande si nos défauts sont compatibles.

— Oui, rassurez-vous, je devrais faire le poids, j'en ai pas mal aussi. Je vous préviens, je ne suis ni un cadeau, ni une dame de compagnie.

Il sortit de sa poche intérieure une enveloppe, la posa sur le comptoir et la fit glisser de l'index.

— C'est quoi ?

— Votre billet pour Londres. Je dois vous laisser, Mathilde, j'ai un rendez-vous de boulot. Vous me plaisez, vous êtes drôle et dangereuse à la fois et j'aimerais terriblement vous retrouver à l'embarquement.

Il y eut Londres, Barcelone, Lisbonne. Des nuits chez moi, des nuits trop courtes, des jours trop longs. Des centaines de mots échangés par textos, son parfum dont je m'aspergeais les poignets. J'y respirais mon embarquement, son regard dans le mien, sa voix au creux de ma nuque, ses mains plaquées sur mes reins. Encore un bouquet, un autre et au quatrième, Felon m'épingla : « Rocheron, vous avez harponné un fleuriste ? » Mes sourires soudains l'inquiétaient.

Et puis, il y eut une nuit chez Eugène. La première. Un dimanche soir. Dans son appartement, à Vaucresson. Je me demandais comment on pouvait vivre, aimer, être heureux à Vaucresson.

Il avait raccompagné ses enfants chez leur mère. J'arrivai tard, le taxi me déposa devant un immeuble aux vérandas alignées, aux balcons plus ou moins fleuris. Devant la glace verdâtre de l'ascenseur, je pensai à Amélie.

Eugène déboucha une bouteille de Chasse-Spleen. Nous étions assis au bar, dans la cuisine.

— Je peux te poser une question ? Pourquoi vis-tu à Vaucresson ?

— Je n'aime pas Paris, me répondit-il en me tendant un verre de vin.

— À d'autres.

— Pour les enfants. Leur mère habite à côté. C'est plus pratique pour les allées et venues. Je me sens plus proche d'eux aussi.

— Je te trouve triste. Ailleurs. Qu'est-ce qui ne va pas ?

— Je déteste raccompagner les enfants. Je ne m'y fais pas, c'est comme ça depuis quatre ans. Quand tu en auras, des gosses, tu comprendras.

— Je ne veux pas d'enfants.

— C'est de ton âge, ça te passera.

— Ben je vais déjà essayer de voir comment ça fait avec les tiens.

Je retournais dans mon appartement le week-end quand les enfants étaient là pour ne réapparaître que le dimanche soir. Je ne passais pas la porte de leur chambre, je n'osais pas. Depuis le couloir j'observais leurs livres, leurs bandes dessinées, les maillots de foot de Vincent. Je tentais de décrypter les dessins de la gamine fixés aux murs et gondolés par des montagnes de Patafix. Il avait une vie sans moi, les enfants d'une autre, ses enfants à lui. Je rôdais autour de ce cercle interdit, cherchant une brèche, une position d'appui. Je redoutais la rencontre, ne posais pas de question. Un soir, Eugène lança le sujet.

— C'est peut-être un peu précipité, non ? avançai-je doucement.

— T'as peur ?

— Ce n'est pas la question.

— Menteuse.

— Admettons, et après ?

— Nous pourrions passer le week-end prochain ensemble, t'en penses quoi ?

Je lui souris, essayant de me convertir à l'idée ; faire leur connaissance me tétanisait.

— Et qu'est-ce qu'on fera samedi prochain ?

— Je ne sais pas, me répondit-il, on improvisera.

— C'est léger, comme programme.

— On pourrait passer le week-end chez Disney ?

— Oublie tout de suite l'idée.

— Mais je t'assure, c'est vachement sympa, Disney.

— Peut-être quand t'as onze ans, mais moi, j'en ai trente-deux. Je n'aime pas les manèges et je n'ai pas envie de me faire tirer le portrait entre Mickey et Pluto. Disney, ça me file des pulsions de meurtre.

— Miroir, Miroir…

— La marâtre te propose plutôt un cinéma.

— Ils sont assez insensibles aux recommandations de *Télérama*.

– *Madagascar 2* sort cette semaine, ça devrait leur plaire. Ensuite, on les emmène dans une pizzeria et je rentre chez moi.

— T'as un truc de prévu samedi soir ? C'est ça ?

— Une soirée chez Philippe, tu veux m'accompagner ?

— C'est compliqué, j'ai les enfants.

Le samedi suivant, Eugène m'appela vers seize heures, « on est en bas, on t'attend au café ». Eugène rappela. En bas, ça s'impatientait. En haut, j'hésitais. Il fallait y aller. Se lancer.

— Bonjour, dis-je d'une voix souriante en m'installant en face du mini-jury.

Vincent leva à peine la tête, vue panoramique sur sa casquette *New York Yankees* vissée jusqu'aux sourcils. Je me penchai pour croiser son regard, il détourna les yeux. J'arrivais au terminus de son Sprite. La petite sirotait un Fanta, elle leva juste les yeux et me fixa sans bouger. Je pris une voix d'hôtesse pour saluer cette charmante Chloé.

— 'Jour, me répondit-elle froidement.

— Les enfants, dit Eugène, je vous présente Mathilde.

— Tu connais Amélie ? me demanda Chloé en se calant droite sur la banquette.

— Chloé ! s'écria Eugène.

— Oui, Chloé, j'ai rencontré Amélie. Je crois que tu t'entendais bien avec elle, n'est-ce pas ?

— Non, pas du tout, rétorqua-t-elle. Elle non plus je ne l'aimais pas. Je n'aime que ma mère et mon père.

— Moi aussi, Chloé, évidemment, moi aussi. Il est peut-être temps d'aller au cinéma ?

Eugène fit un signe au serveur, régla l'addition. Les enfants enfilèrent leurs manteaux. J'avais envie de m'enfuir.

— Moi, je ne veux pas aller voir *Madagascar 2*. C'est nul. Je préfère voir *Le jour où la terre s'arrêta*, claironna la casquette.

— Et toi, ma princesse, demanda Eugène à sa fille, ça te tente, *Madagascar* ?

— Oui, mais pas en anglais.

J'avais des crampes dans les maxillaires à force de sourire pour tout, pour rien, pour faire comme si tout se passait bien. Nous avancions sans un mot vers le cinéma, la pluie aplatissait mon brushing du matin, je songeais au mot Berezina. Dans la file d'attente, je proposai à Eugène de faire équipe avec son fils pour voir *Le jour où la terre s'arrêta*.

— Non, merde, on va tous voir le même film. Qui veut des popcorns ?

— Salés, exigea New York Yankee.

— Papa ? J'ai envie d'aller aux toilettes, annonça la princesse.

— Mathilde, pendant que j'accompagne Chloé, tu peux te charger des popcorns, s'il te plaît ?

— Amélie ? demanda la princesse, euh, pardon, Mathilde, tu peux m'en prendre au caramel ?

Mes mâchoires se crispèrent comme celles d'une vendeuse à qui l'on fait tout déballer pour, au final, la laisser en plan en disant qu'on repassera. Intérieurement, je récapitulai la situation. À ma droite, j'avais Blanche-Neige à qui pendait au nez une petite mise au point par papa. À ma gauche, un invertébré, incapable de canaliser sa première poussée hormonale et contre lequel même une patience de casque bleu ne pouvait rien. Je demandai à la demoiselle aux popcorns de servir des maxi-formats. Plus personne n'aurait faim à la sortie du cinéma, les velléités de prolongations seraient abandonnées, c'est ainsi que je m'en tirerais.

En revenant des toilettes, Chloé, les yeux rougis, petite tête d'oiseau tombé de son nid, s'approcha de moi.

— Pardon, me dit-elle, presque sans voix.

La remontée de bretelles avait été plus musclée que je ne le présumais. Elle éclata en sanglots. J'étais prête à plaider coupable. Mais Chloé me bombardait de regards furieux et accélérait le débit de ses larmes en clignant des yeux. Elle ne comptait pas baisser le pont-levis, je pouvais remballer mes remords, elle avait donné le ton. Mon sourire s'éclipsa.

— Vincent, attrape mon paquet de mouchoirs dans la poche avant droite de ma veste, s'il te plaît, dit le père.

— J'trouve pas, miaula la casquette.

— Tu le fais exprès ? Bon, prends tes popcorns. Et toi, ajouta-t-il en se retournant vers sa fille, tiens, mouche-toi.

À la sortie du cinéma, je conseillai à Eugène de faire un stop chez McDonald's avant de mettre le cap sur Vaucresson. Je le rassurai en lui murmurant :

— Coriaces, mais attachants, tes mômes.

Il voulut m'embrasser, je lui tendis la joue. Ils s'éloignèrent lentement, collés comme des berlingots. Je fis demi-tour et partis rejoindre Philippe.

Vers quatre heures du matin, les yeux comme des phares antibrouillard, j'écoutai le dernier message d'Eugène : « T'avais raison, Disney n'aurait peut-être pas été une bonne idée… » Tu m'étonnes, dis-je en effaçant ses mots de mon répondeur avant de m'effondrer en travers du lit.

Chapitre 3

Terrassée par le champagne de la veille, je m'accrochais à un sommeil artificiel. Mon répondeur s'enclencha. Les paupières en fonte, j'écoutai Philippe me parler.

— Tu décroches, la dauphine ?… Je sors de la piscine, t'as une heure pour me retrouver au Coffee Parisien. Bouge-toi !

Le téléphone sonna à nouveau. Je reconnus la voix d'Eugène. Immobile, je tendis l'oreille.

— Je me suis ennuyé de toi hier. Nous quittons l'appartement, on va au Coffee Parisien. Tu nous rejoins ? Rappelle-moi.

J'avais la gueule de bois, la réserve d'amabilité dans le rouge, aucun sujet de conversation en stock. Je n'assumerais pas la confrontation entre Philippe et Eugène. La petite Chloé qui s'entêtait à me rebaptiser Amélie, talonnée par son frangin à la casquette en berne, l'exercice était au-dessus de mes forces. Je rappelai Philippe.

— Qu'est-ce que tu nous as fait rire hier avec ta séance de cinéma en famille recomposée.

— J'ai fait ça, moi ?… Je ne m'en souviens pas.

— On devrait te faire fumer plus souvent, ma chérie… Gilbert t'aime beaucoup, on parlait de toi ce matin.

— Gilbert ? Il est des tiens ? Je n'avais pas remarqué.

— Évidemment qu'il est de l'orchestre, Gilbert. Ça fait six mois que je l'ai dans le viseur. C'est pour ça que je me suis réinscrit à la salle de gym. J'ai ramé, je peux te dire… À côté, d'Abboville, c'est la Petite Sirène. Qu'est-ce que tu fous ? T'arrives ?

— J'ai un souci.

— Laisse-moi deviner. Maintenant qu'elle est casée, la dauphine préfère la quatre-fromages en famille chez Pizza Pino ?

— C'est pire. Je viens d'avoir Eugène. Il est en route avec ses enfants pour le Coffee Parisien…

— Le restaurant ne fait pas Club Mickey.

— J'aimerais éviter l'erreur d'aiguillage. Alors, trouve-moi un plan B, il doit déjà être en train de se garer.

— Il n'aura pas de table avant quatorze heures. C'est blindé. Oublie ton prince et sa descendance, de toute façon, ce sera un carnage, tu seras incapable d'être aimable. À l'avenir, t'arrêtes de refiler nos adresses à tout ton fichier BMW… On se retrouve dans le IIIe, rue de Bretagne.

— Commande-moi un Coca light, je meurs de soif.

Quand Eugène me rappela, mon taxi venait de faire demi-tour, je roulais dans la direction opposée au Coffee Parisien. Soupir, panique, hésitation avant de décrocher.

— Mathilde ? Mais t'es où ? Tu fais quoi ?

— Je rejoins Philippe.

— Comment ça, tu rejoins Philippe ? Je ne comprends pas. Je t'ai laissé deux messages, répliqua-t-il, désarmé. On arrive au Coffee Parisien.

— Je suis désolée mais tu as décidé tout seul et ce n'est pas du tout ce que j'ai prévu hier soir avec Philippe…

Il y eut comme un silence contrarié dans l'habitacle. Eugène klaxonna en traitant de connard le chanceux qui venait de lui piquer sa place. L'envie de raccrocher m'effleura. J'allais l'entendre me dire que les enfants tenaient à ce que nous déjeunions ensemble. Il ajouterait à ce mensonge leur déception de ne pas me voir. Je venais de lire en diagonale *Le Complexe de la marâtre*, j'allais droit dans le mur, je faisais tout le contraire des conseils prodigués par la psychanalyste. Il fallait couper court. Court et vite, avant que la culpabilité ne se pende à mon cou, qu'elle ne me pousse à faire demi-tour.

— Allez viens, ça va être sympa, insista-t-il.

— Je peux venir ce soir, si tu veux.

— Rejoins-nous après le déjeuner, on t'attendra, ça t'évitera de prendre un taxi.

— Non, c'est gentil mais je pense que je rentrerai d'abord chez moi faire une sieste. Je te retrouverai en fin d'après-midi. C'est mieux comme ça.

— Tu me manques, lâcha-t-il, abattu.

Eugène raccrocha, l'embrassade résignée. Mon taxi s'arrêta devant la terrasse du café Charlot, rue de Bretagne. Philippe et Gilbert m'attendaient. Dix minutes plus tard, Eugène me demandait de lui indiquer un autre restaurant, qui se révéla lui aussi complet. Au troisième appel, Philippe explosa en postillonnant sa salade :

— Dis à ton baron qu'on n'est pas l'office du tourisme.

Eugène entendit sa réflexion et ne rappela plus. Plus tard, dans la soirée, je le retrouvai exténué. Ils s'étaient rabattus sur le cinéma de l'Aquaboulevard, ses pizzas épaisses et ses fondants au chocolat surgelés. Vincent l'avait emporté au deuxième round, sa sœur avait passé la moitié du film crispée au bras de son cher papa, les yeux fermés.

Au milieu du dîner, Eugène m'annonça qu'il avait la garde de ses enfants le week-end suivant. Mes épaules s'affaissèrent. Il y eut un silence. Sur la chaîne, Chopin restait concentré sur sa *Polonaise*, dans nos assiettes les spaghettis à la carbonara refroidissaient.

Je détournai le visage pour lui épargner mon regard noir. Eugène roulottait son set de table. Je fixai la gueule placide du bouledogue en porcelaine, grandeur nature, posé à côté du canapé.

— Comment il s'appelle ? demandai-je en tendant le menton vers le chien.

— Qui ça ?

— Ton chien.

— Je ne sais pas. Mes collègues me l'ont offert pour mes quarante ans. Je l'aime bien, pas contrariant, pas à le sortir, ni à le nourrir, pas de poils. Et puis, il a un air désespéré. Je trouve que tu lui ressembles quand je te parle de mes enfants.

— Je ne suis pas désespérée, je suis contrariée.

— Leur mère est en déplacement en Asie. Elle ne revient que dans la nuit de dimanche à lundi. Ils seront là le week-end prochain. Point.

— Elle fait quoi, dans la vie, ton ex-femme ?

— Françoise est directrice du développement pour l'Europe des hôtels Aman, la chaîne hôtelière de luxe. Elle voyage souvent.

— C'est comme ça que l'hiver dernier, tes enfants sont partis en Thaïlande et que cet été, ils vont à Bali ?

— Comment sais-tu cela ?

— C'est Amélie qui me l'a dit. Les pauvres chéris, ajoutai-je, perfide.

Il préféra changer de sujet.

— On pourrait passer le week-end prochain ensemble, proposa-t-il, très optimiste. Les enfants feront vraiment ta connaissance.

— Formidable ! Et on ira tous chez Mickey. Tu vois bien comment ça s'est passé hier. Un week-end entier, ça me semble précipité.

— Tu sais, depuis que je me suis séparé d'Amélie, ils ont fait sur moi une sorte d'OPA. Surtout Chloé. Tu perturbes leur petit confort, c'est normal, il faut les comprendre. Mais ils t'ont trouvée sympa, c'est eux qui m'ont proposé de déjeuner avec toi aujourd'hui.

— Bien sûr.

— Si, je t'assure, insista-t-il en me servant un verre de vin.

— Remarque, si on passe le week-end à Marne-la-Vallée peut-être que Vincent se déridera. Mais je te préviens, j'y vais en candidat libre. Je ne fais aucune attraction, je ne serre pas la paluche de Minnie. J'emmerde Mickey.

— Tu feras quoi alors, ma princesse ?

— Arrête de m'appeler ma princesse ! C'est comme ça que tu surnommes ta fille.

— Pardon. Donc, je réserve ?

— Non. Si je suis d'accord, tu en parles aux enfants et en fonction de leur réponse, on avisera.

— Je connais leur réponse, ils seront ravis.

— Laisse-moi réfléchir avant de faire imprimer le programme des réjouissances.

— Je crois que je t'aime.

— Je crois surtout que ça te fait marrer de m'imaginer devant un hamburger au milieu de crétins déguisés en cow-boys sur fond de musique country. Je déteste ça.

— C'est bien moins dangereux pour toi de nous accompagner chez Disney qu'au Coffee Parisien. Tu ne risques pas d'y croiser tes amis. Enfin, tu m'arrêtes si je me trompe…

J'étais dans les cordes. Eugène venait de marquer le point. Il partit se coucher en chantonnant. Avant de le rejoindre, j'ouvris mon ordinateur sur le monde merveilleux de Disneyland. Rubrique hôtels, quatre clés d'or en forme de Mickey. Je fis dérouler le texte, m'arrêtai sur le panégyrique de la suite Cendrillon. Les tournures de phrases me filèrent le bourdon. « … vos pantoufles de vair se sentiront comme à la maison ». Papiers peints surmontés de frises rose malabar, canapés en satin, bouillonnés de rideaux. Je poursuivis la lecture, le plexus vrillé, l'argumentaire commercial m'affligeait.

— Tu fais quoi ? me demanda Eugène depuis son lit.

— Rien, je regarde des trucs sur Internet, je m'amuse à me faire peur.

— Quoi ? Je ne comprends pas.

— J'arrive, le rassurai-je, concentrée sur l'écran.

Avais-je une tête à siroter un cocktail magique au piano-bar du café Fantasia tout en profitant de la vue féerique ? Ils ne m'avaient pas bien regardée. Je sautai de rubrique en rubrique. « Venez vous éclater au Rock'n'Roller Coaster ! » Je lus le descriptif : « Les plus grands tubes d'Aerosmith embarqués dans cent vingt haut-parleurs. Soyez propulsé en moins de trois secondes à cent kilomètres-heure avec virages en épingle, descente en piqué, tête à l'envers… »

Je refermai l'ordinateur sur l'ascenseur infernal de la Tour de la terreur. Eugène s'était assoupi, je me réveillai au milieu de la nuit, en nage, un chef d'armée m'expliquait comment actionner la bombe, elle était dans mes pantoufles de vair, j'avais des oreilles de Pluto, je circulais à bord d'une tasse géante, j'avais l'air gentil, c'était atroce, j'étais kamikaze.

Chapitre 4

« Porte d'Auteuil, 35 minutes. » C'est ce qu'indiquait le panneau à l'entrée de l'autoroute. J'avais cauchemardé toute la nuit, j'étais exténuée, je râlais par principe. Eugène feignait d'écouter la radio, il m'accompagnait au bureau.

— Tu as réfléchi à propos du week-end chez Disney ? me demanda-t-il avec un optimisme de faiseur d'horoscopes.

— Non.

— Tu me diras ce soir ?

— Oui.

— T'es pas bavarde ce matin.

— C'est lundi.

Je fixais la fille de la Twingo d'à côté qui se maquillait. Elle tartinait en rouge son sourire absent. La demoiselle à la Twingo n'était pas d'humeur à laisser le Scenic de la file de droite s'incruster devant son pare-chocs. Je songeai au week-end en soupirant, tiraillée.

Quand j'avais l'âge de Chloé, nous vivions en Belgique. Mon père m'avait emmenée à Walibi pour mon anniversaire. Je connaissais la publicité du parc d'attractions par cœur, j'en rêvais. La magie s'arrêta dans la file d'attente du Grand Huit. Des gens hurlaient ; j'étais née pessimiste, je me voyais écrabouillée entre deux wagons, je voulus rentrer à la maison. Mon père me prit par la main, m'expliqua qu'au tarif de l'entrée on testerait toutes les attractions. Jamais je n'ai remis les pieds dans un parc à thème.

Au niveau de la porte d'Auteuil, je décidai qu'Eugène passerait le week-end seul avec ses enfants. J'allais leur réserver la suite Cendrillon, leur offrir les billets, ils seraient ravis. J'avais bon fond, c'était mécanique, ma cote monterait.

À peine arrivée au bureau, je me précipitai sur le site de Disney. À la première sonnerie, une hôtesse à la voix de Clochette répondit sans respirer :

— Rebecca-à-votre-service. Que puis-je faire pour vous aider ?

— Bonjour, je voulais savoir si vous aviez des disponibilités à partir de ce vendredi pour deux nuits à l'hôtel Disneyland. Trois personnes. Deux adolescents, un adulte.

Elle enclencha la musique d'attente. Philippe me fit sursauter en ouvrant la porte du bureau, je coupai aussitôt le haut-parleur. Il me proposa un café. Le téléphone coincé entre l'épaule et l'oreille, je lui répondis oui d'un signe de tête. Rebecca me signala que son ordinateur avait un problème de connexion, j'acceptai de patienter, la suite Cendrillon était prise mais la réservation n'était pas confirmée. Elle nota mon numéro, me rappellerait le lendemain. Philippe revint avec les cafés. La journée passa, j'oubliai Mickey.

Le soir, j'expliquai à Eugène que j'avais tenté, en vain, de réserver une chambre chez Disney.

— T'as fait ça ? C'est génial, ça veut dire que tu es d'accord alors, s'emballa-t-il avec un sourire de gosse.

— On est sur liste d'attente pour une suite. L'hôtel est complet. Ils confirment demain.

Il ouvrit une boîte de sardines, j'étais en plein mélo devant le grille-pain. Je mentais par omission puisque je ne comptais pas les accompagner. Trois jours, deux nuits : l'éternité. Ce week-end m'obsédait. Les tartines sautaient. Je me trouvais nulle. Je devais y aller. Avec un peu de chance, la charmante Rebecca des réservations m'annoncerait peut-être le lendemain que c'était définitivement râpé.

Eugène décida d'appeler un de ses amis qui travaillait au département séminaires et événements chez Disney. La main sur le combiné, il m'assura d'un clin d'œil que Bruno allait tout arranger. Il raccrocha en disant : « Merci, mon ami, tu me sauves la vie. » Je regardai le sourire interminable d'Eugène, j'avais une boule dans le ventre. Si le week-end se passait mal, Bruno ne serait jamais mon ami.

Le vendredi, je glissai un polar japonais dans mon paquetage bouclé sans appétit. J'embarquai mon ordinateur portable, ayant passé la semaine à essayer par tous les moyens de me réjouir. Les enfants furent prévenus qu'ils ne mettraient pas les pieds en dehors de l'hôtel tant que les devoirs ne seraient pas faits.

Profitant des embouteillages, Eugène fit réciter ses verbes irréguliers à Vincent. Je me désolidarisai du groupe et attaquai mon roman. Chloé vint me cueillir à la troisième page pour un problème de mathématiques. Je pris son cahier d'un air entendu. Je lus deux fois l'énoncé du problème. Puis une troisième, très lentement, pour tenter de repérer une évidence qui m'aurait échappé. Je regrettai de ne pas m'être portée volontaire pour aider Vincent à égrener son chapelet de verbes irréguliers.

— Tu comprends quoi ? demandai-je à Chloé en me retournant vers elle.

— Rien, me répondit-elle, la démission dans le ton de sa voix.

— Relis-le à voix haute. Tu vas comprendre.

Elle ânonna :

— « De midi à minuit, monsieur Chat dort sous le chêne et de minuit à midi, il raconte des histoires. Au-dessus de lui, dans l'arbre, une pancarte dit qu'il y a deux heures monsieur Chat faisait ce qu'il fera dans une heure. Combien d'heures par jour la pancarte affiche-t-elle la vérité ? »

Chloé releva la tête, les pupilles en forme de S.O.S. Mon premier calcul fut d'envoyer un mail à ma sœur qui habitait New York avec copie à mon ingénieur de petit frère, résidant, lui, au Japon. J'assurai à la moue boudeuse de Chloé que nous nous pencherions à nouveau sur l'histoire de monsieur Chat une fois installés dans la chambre. Une hôtesse déguisée en Cendrillon reine du bal nous précéda jusqu'à la suite.

L'appartement fut parfaitement raccord-image avec la visite à 360 degrés du site Internet de Disney. Du bouillonné, du vert, du rose, des pampilles. *Le Beau Danube bleu* valsait en fond sonore depuis l'écran du téléviseur. Chloé déballa son cartable.

— Dessine-moi une horloge qui affiche vingt-quatre heures, lui dis-je. J'ai un mail à envoyer, après je m'occupe de toi.

Je repris l'énoncé du problème, écrivis « au secours, urgent ! » en objet du mail et ponctuai ma demande par « je compte sur vous pour que votre sœur évite le ridicule. Pour que le prof de Chloé ne compare pas ma logique à celle d'un cochon d'Inde avec, en prime, une mauvaise réponse. Si je soutenais qu'elle a mal recopié, j'ajouterais un mensonge à mon incompétence. Merci de m'éviter le pire ».

Eugène sortit de la chambre avec Vincent, qui s'empressa de narguer sa sœur en pérorant qu'il avait bouclé ses devoirs. Panique chez Chloé. Je proposai que nous descendions dîner. Prostrée devant la pendule sans aiguilles, Chloé refusa. Je la rassurai en lui disant que nous allions trouver la solution avant le dessert et que demain matin, elle serait parmi les premières dans la file d'attente de *Space Mountain*. Je misais sur le décalage horaire.

Eugène, qui n'était pas intervenu jusque-là, lui passa la main dans les cheveux. Elle lui tendit l'énoncé qu'il relut à voix haute. Vincent alluma la télé et persifla « fastoche » depuis le canapé. Sa sœur se tassa un peu plus sur sa chaise, ses Converses se balançaient dans le vide. Le week-end ne faisait que commencer. Je pris parti pour la petite. Je voulais la voir bomber le torse, occire le chat, me poser en alliée, surprendre le père, moucher Vincent.

Eugène décida qu'il était temps d'aller dîner. En attendant mon burger, j'incriminai la climatisation pour remonter chercher un pull et vérifier ma boîte mail. Ma sœur répondait qu'elle était coincée en réunion. D'après mon frère, la pancarte au-dessus de monsieur Chat devait indiquer la vérité pendant dix-huit heures. Sa réponse était détaillée sur une vingtaine de lignes, trop longue pour l'apprendre par cœur. Je revins m'asseoir en attendant le dessert.

De retour dans la suite, nous nous assîmes toutes les deux autour de la pendule aphone. Chloé jouait avec son Bic à quatre couleurs, se fichait du raisonnement, se contentait de recopier.

— Tu sauras le refaire ? lui demandai-je, inquiète.

— Oui, oui, assura-t-elle.

Elle referma son cahier et tira sur le zip de sa trousse d'écolière, la mine soulagée. Je repris mon roman japonais sur son absence de remerciements. Elle partit rejoindre son père devant la télé. J'attendais ma couronne de lauriers. Eugène questionna sa fille au sujet de monsieur Chat. Blottie contre son père, la pancarte de monsieur Chat oubliée, la princesse répondit : « Amélie m'a bien aidée. » Mon regard se figea sur la présentation de l'inspecteur Imanishi que je relisais pour la troisième fois. Les yeux dans le flou, je quittai la pièce en claquant la porte. L'oreille en alerte, j'attendais l'engueulade. Rien ne vint. Chloé avait dix ans et moi trente-deux, elle n'était pas la plus ridicule des deux. Les mots maladroits murmurés par Eugène ne me firent pas lever l'avis de tempête. Je passai une partie de la nuit à ruminer mon impatience à me faire accepter, mon incapacité à m'accorder. Je programmai de rentrer à Paris et m'endormis par forfait, le jour se levait.

Chapitre 5

Je me réveillai seule dans le lit à baldaquin. J'attrapai mon portable. Il était onze heures moins le quart, j'avais deux messages d'Eugène. Il patientait dans la file d'attente de *Space Mountain* et me demandait ce que je faisais. L'envie de fuir ne me quittait pas. Je ne répondis pas. J'étais accro à un homme de seconde main, accaparé par ses deux héritiers et je venais de passer la nuit dans une paire de draps brodés Cendrillon. J'avais choisi d'aimer en indivision un père à partager avec deux gosses prêts à tout pour me dépouiller de mes prétentions. Je n'arrivais pas à m'imposer, j'étais sur le point d'abdiquer. Je commandai auprès du room service un double expresso.

J'appelai Philippe, il m'aiderait à attaquer le deuxième round.

— C'est sympa, la suite Cendrillon ?

— Comment t'as su ?

— T'as oublié d'éteindre ton ordinateur hier. Alors raconte, c'est magique, la grande parade ?

— Il y a des pampilles partout, ça dégouline de débilité, ils sont tous déguisés, les gens se trimballent avec des oreilles de Mickey ou de Pluto. Plus ils sont grotesques, plus ils sont contents. Autant de bonne humeur accumulée au mètre carré, ça fout les jetons.

— Comment ça se passe avec les enfants ?

— Ils me détestent. Vincent, cette espèce de tête d'ampoule, ne décoche pas un mot. Il ne lâche pas sa console, même à table. Chloé ne décolle pas de son père, elle persiste à m'appeler Amélie.

— Tu t'attendais à quoi ?

— À ce que ça se passe bien. Au lieu de cela, rien, pas un sourire, pas un mot. Je n'ai qu'une envie : me tirer.

— C'est ce qu'ils cherchent. S'ils t'ont manqué de respect, tu plies les gaules. À mon avis, tu fais ta princesse offensée parce qu'ils ne t'ont pas sauté au cou en te disant que tu étais formidable. Tu l'aimes, ce mec ?

— Évidemment.

— J'entends comme une hésitation…

— C'est le côté « trois pour le prix d'un » qui perturbe. Et puis, je hais les parcs d'attractions. Les gosses sont chiants, ça ne va jamais. À table, on n'a rien à se dire, il faut meubler, c'est épuisant. Le pire c'est quand on est tous les quatre. Je l'ai bien vu hier au restaurant, les gens me regardent de travers. Comme si je n'étais pas à ma place. Trop jeune pour être leur mère, trop vieille pour faire jeune fille au pair. Du coup, je les laisse marcher tous les trois devant.

— Je t'avais prévenue. Il est quand même un peu spécial, ton prince, avec ses chemisettes, sa coupe d'inspecteur Navarro, sa banlieue et son chien en porcelaine. Tu le savais, qu'il avait une descendance. Alors d'accord, tu vas me dire qu'il a le ventre plat, des yeux revolver, un vrai cerveau et un minimum d'humour. Il n'empêche que tu ne vas pas te marrer tous les jours. C'est lui que tu voulais. Maintenant tu l'as, ton jules. Les gosses, on s'en fout, ce ne sont pas les tiens. Ce ne sera jamais les tiens, dis-toi que si tu cherches à les séduire, à leur plaire, même à les aimer, tu investis à fonds perdus.

— Merci, c'est gai.

— Ta présence les emmerde. Arrête de faire ta tête à la tant pis si je meurs, ça gonfle tout le monde. Sois naturelle. Et puisque tu ne sais pas quoi faire, rapporte-moi les sept nains en plastique pour ma nièce. Sur ce, on s'embrasse. Réfléchis à ce que je t'ai dit et n'oublie pas mes nains.

Le garçon d'étage sonna. J'ouvris la porte sur un gamin épais comme un mulot, en livrée bleu roi :

— Bonjour, madame, vous avez commandé un double expresso. Vous désirez autre chose ?

— Vous n'auriez pas des muffins à la marijuana pour les marâtres ? J'ai le moral dans les talons.

Il me regarda avec des yeux ronds, je lui glissai un pourboire dans sa petite patte molle, il s'éclipsa.

Vincent avait laissé son Ipod sur le canapé. Chloé, sa petite culotte de la veille et ses *J'aime lire* sur le fauteuil d'à côté. J'inspectai les lieux, la tasse à la main. Je feuilletai l'agenda de la petite et lus la page de vendredi : « Je pars à Disney avec Vincent et papa. Mathilde est là. On fait des tas de trucs depuis qu'elle est là. Maman me manque, elle rentre lundi. » Je m'assis, dos contre le mur, le casque de Vincent sur les oreilles. Je n'entendis pas Eugène arriver.

— Bordel, pourquoi tu ne réponds pas au téléphone ?

— Hein ? dis-je en baissant le son.

— T'as l'intention de rester claquemurée tout le week-end dans ton donjon ?

— Je ne pensais pas que Vincent connaissait le groupe Heads or Tails, c'est vachement bien.

— Allez, viens. On va déjeuner chez les cow-boys, tout ce que tu détestes. Chloé a angoissé toute la matinée.

— Et elle a peur de quoi, la petite chérie ?

— Que tu partes. On a eu une petite mise au point. Même Vincent s'est mis à l'engueuler. La moitié de Disney est au courant. Allez, viens.

— Mais toi, qu'est-ce que tu lui as dit à Chloé ?

— On s'est parlé, c'est tout. T'es prête ?

— Je n'ai pas pris ma douche, répondis-je en avançant vers lui.

— Enlève ton tee-shirt.

Je m'exécutai, consciente de la suite. Sa veste était déjà sur la moquette. Il m'embrassa comme on s'empare de la bouche de l'autre, la deuxième fois. Celle qui compte, celle qui retient et qu'on retient. Tendue sur le lit, électrisée, j'étais en passe de lâcher prise sur Mickey et le reste.

— Papa ! T'es là ? résonna la voix de Chloé derrière la porte.

Je n'avais pas le souvenir d'avoir tourné la clé, la panique prit le pas sur l'orgasme, du sommet je dégringolai au rez-de-chaussée.

— Papa ! T'es là ? Papa ? Pa-Paaa ?

Chloé restait cramponnée à la poignée, désespérée.

— Papa ! Réponds, t'es là ? implorait-elle.

La même question, dix fois de suite. Eugène soupira :

— J'arrive, ma princesse, je prends une douche.

— On a faim, mentit la gamine en manque de barbe à papa.

— J'arrive.

— Pourquoi c'est fermé à clé ?

Il se retourna vers moi, persuadé cette fois que je ne résisterais pas à l'envie de m'en aller. Eugène avait filé sous la douche, je le regardai, adossée au double lavabo.

— Je demande une séance de rattrapage, lui dis-je en lui tendant une serviette. Ce soir, on dîne tous les deux.

— Et les enfants ?

— Je m'en fous. Tu leur commandes une babysitter, si tu as peur de les laisser seuls, ils regardent un film et ils nous oublient. C'est non négociable.

— Oui, mais tu comprends…

— Non, je ne comprends pas. Inutile de me demander de prendre du recul, j'ai l'orgasme contrarié.

— Mathilde, c'est compliqué. Il faut que je m'organise, mais d'abord on va déjeuner. T'es bientôt prête ?

— Non. Alors, ta Blanche-Neige, si elle frise la syncope, tu n'as qu'à lui filer un Kit-Kat, il y en a dans le mini-bar.

Assis au bord du lit, les épaules basses, il enfila ses chaussettes et passa dans le salon rejoindre sa princesse, sans un mot.

— Bon, on y va, papa ? insista Chloé.

— Non, répondit-il, agacé. On attend Mathilde.

Je souris au soupir exagéré de la gamine, pris ma douche et tout mon temps. Nous sortîmes déjeuner au

Cowboy Cookout Barbecue. Chili con carne, travers de porc, saucisses, pommes de terre et cheesecake.

— Vous avez un programme chargé cet après-midi ? demandai-je aux trois menus ouverts devant moi.

— Tour de la terreur, mâchonna Vincent.

— Dis, Mathilde, tu ne veux pas venir avec moi faire le *Big Thunder Mountain* ?

— C'est quoi, ce truc ?

— Le train de la mine. Ça ne fait pas peur, je te promets.

Je croisai le regard suppliant d'Eugène.

— D'accord, concédai-je du bout des lèvres à la petite. Mais après je vais au spa et ne comptez plus sur moi jusqu'à demain : j'ai réservé une voiture, je vais faire du shopping à la Vallée Village.

— Cool, lança Chloé en attaquant son chili.

Je ne sus pas comment interpréter sa réflexion. Je me contentai de faire signe au cow-boy en lui demandant d'annuler mon verre de brouilly. Après le déjeuner, je suivis Chloé, il pleuvait. Nous retrouvâmes les garçons à la sortie de la Tour de la terreur.

— On se fait le Rock'n'Roller Coaster ensemble ? lança Vincent, qui sirotait un Coca.

— Le truc où t'es propulsé à cent kilomètres-heure dans le noir en moins de trois secondes, c'est ça dont tu parles ?

— Oui, avec Aerosmith à fond la caisse. C'est plus palpitant que de faire du shopping, rétorqua Vincent.

— Tout dépend de la somme que tu claques.

Son petit air supérieur m'exaspérait, je décidai de les accompagner. L'attraction, pour eux, consistait à m'observer, blême, dans la file d'attente. Pétrifiée, pensant ma ceinture mal attachée, je fermai les yeux, je revivais Walibi. Je sortis en titubant, le mascara en zigzag sur les pommettes.

— C'était trop stylé, fit Vincent après l'attraction.

J'avais l'estomac en warning, je n'arrivais pas à desserrer les dents. Vincent proposa de réserver pour le dîner-spectacle de la conquête du Grand Ouest. Il sortit le programme de sa poche, j'y jetai un œil, relevai la tête et fixai Eugène, inquiète. Je sentais la bande de Buffalo Bill arriver au grand galop. Eugène se montra hermétique à ma supplique, il hocha la tête en souriant, je me mordais les lèvres en regardant mes baskets, Tic et Tac venaient de s'incruster à notre dîner en tête à tête.

Vincent piaffait pour refaire l'attraction, aussi m'empressai-je de me porter volontaire pour réserver une table au Colonel Cody's Saloon. À cet instant précis, Eugène m'aimait comme un dingue. Il m'embrassa et repartit pour un deuxième tour de Rock'n'Roller Coaster avec ses enfants.

Le Celestia spa était pris d'assaut. Mon saumon aux épices ne se remettait pas des tubes d'Aerosmith, j'appréhendais le poêlon texan qu'une serveuse déguisée en squaw nous catapulterait.

Avant de regagner la suite Cendrillon, je fis une pause au café Fantasia et commandai une verveine à un troll déguisé en Minnie. Il était dix-sept heures, je ne voyais pas bien ce qu'il y avait de si féerique dans les Fantasia Gardens, je soufflais sur ma verveine, j'envisageais la soirée entre Dingo Shérif et Sitting Bull avec un mental de marâtre.

Chapitre 6

Nous sommes rentrés en fin d'après-midi, le dimanche, sous une pluie battante. Les portières à peine claquées, Vincent et Chloé se sont précipités sur leur console de jeux. Entre eux, la compétition était constante. Aucun des deux ne supportait la défaite. La petite cumulait déjà deux parties de retard, on frisait le drame. Plus l'écart se creusait, plus son frère s'acharnait :

— Tiens, dans ta face ! exulta Vincent en fichant sa console contre l'oreille de sa sœur.

Chloé repoussa son frère en piaillant : début des hostilités. Je fixais la bande d'arrêt d'urgence, attendant le cessez-le-feu. Le regard vide, Eugène laissait faire. Il raccompagnait ses enfants chez leur mère.

— Ça va ? lui demandai-je doucement en lui posant la main sur la cuisse.

Sans quitter le bitume des yeux, il fit oui d'un signe de la tête. Ses airs de cormoran mazouté éteignirent mon sourire. Je retirai la main de son jean.

Pour me distraire, j'additionnai ce que j'avais claqué dans les boutiques de déstockage. Avec les deux sweat-shirts vintage Mickey offerts à Vincent et Chloé, la performance dépassait le montant de mon loyer. Je bénissais Véronique Joubelin, ma chargée de compte bancaire, d'avoir eu l'excellente idée de prolonger son congé parental. Son remplaçant, Romuald Baty, était nettement plus sensible à mes décolletés qu'à mes découverts. Ma frénésie dépensière était une compensation à mes premiers pas de belle-mère. Objectivement, mon implication chez Disney avait été totale, je m'octroyais un quinze sur vingt. La paix était revenue sur la banquette arrière, je tendis le cou entre les deux appuie-tête pour encaisser mes points.

— Ça va, derrière ? demandai-je d'une voix de miel à Vincent et Chloé.

La question tomba à plat.

— C'était bien, ce week-end ?

Bourdonnement des essuie-glaces, concentration optimale sur les consoles de jeux. Refusant de réviser ma cote à la baisse, je changeai de ton.

— Je vous parle !

— Laisse-les, tu vois bien qu'il y a une partie en cours, intervint Eugène pour régler les choses à l'amiable.

— Et alors ?

— Ils sont dans leur bulle, c'est comme ça. Il ne faut pas le prendre contre toi. N'est-ce pas, les enfants ?

Silence dans l'habitacle.

— Tu vois, reprit Eugène en haussant légèrement les épaules, ce n'est pas contre toi.

— Franchement, insistai-je sans accorder le moindre crédit à sa démonstration, c'était cool, ce week-end ?

— Ouais, ouais, super, finit par concéder Chloé.

Je quémandais un signe, je venais de l'obtenir, mais la voix de la gamine sonnait creux. La confiance en copeaux, je me retournai vers le tableau de bord et finis par m'assoupir sur mes à-quoi-bon. Eugène se gara en biais sur le trottoir, j'ouvris un œil devant la grille d'entrée de son ancienne résidence. Un petit îlot d'immeubles à trois étages crépis de blanc.

— Vérifiez que vous n'avez rien oublié et dites au revoir à Mathilde.

Il parlait d'une façon mécanique, comme un steward annonce les correspondances après douze heures de vol en classe économique. Interrompus dans leur nouvelle partie, Vincent et Chloé rassemblèrent leurs affaires en ronchonnant. J'étais parée pour les embrassades. Vincent mâchonna un vague au revoir sans m'adresser un regard. Chloé s'extirpa au plus vite de la voiture.

— Bye, Chloé ! Tu me tiendras au courant pour monsieur Chat, lui lançai-je avec une liesse de dame catéchiste.

La porte se referma sans réponse sur mon sourire crétin. Je les observai tous les trois avancer vers l'immeuble. Eugène portait à bout de bras les paquetages du week-end. Vincent marchait le nez rivé sur son écran. Chloé suivait derrière en imitant son frère. Elle avait coincé le sweat-shirt que je venais de lui offrir entre les bandoulières de son sac à dos. Il glissa sur l'allée. La vitre ne se baissait pas, Eugène avait embarqué les clés. Je sortis de la voiture pour la prévenir.

Françoise guettait l'arrivée de ses chatons depuis le balcon. Je fus coupée dans mon élan. Elle interpella sa fille qui fit demi-tour en sautillant pendant que je refermais la portière, sans bruit. Françoise me fixa. J'improvisai un petit signe amical de la main. Elle se raidit, détourna ostensiblement le regard et disparut derrière ses voilages. J'avais les joues cramoisies.

Vingt minutes plus tard, Eugène me fit sursauter en s'engouffrant dans la voiture. Je n'avais pas quitté le balcon des yeux, j'étais saisie. Il jeta une enveloppe sur le tableau de bord et démarra en trombe.

— T'étais obligée de narguer Françoise ? reprocha-t-il.

Je feignis la surprise le temps de rassembler les arguments pour ma défense.

— Je t'ai posé une question.

— Je ne l'ai pas narguée, je l'ai saluée…

— La prochaine fois, tu t'abstiens, coupa-t-il sèchement. Elle l'a pris de travers.

— Si tu n'assumes pas notre relation, la prochaine fois, évite de te garer sous son balcon…

— Ce n'est pas la question.

— Françoise n'est pas au courant de notre relation, c'est ça ?

— Maintenant, rassure-toi, elle l'est, reprit Eugène, agacé.

— Elle vit seule ?

— Je n'en sais rien et je n'ai pas envie d'en parler.

— Pour réagir comme ça, c'est qu'elle est célibataire.

— Je t'ai dit que je n'en savais rien.

— Tu dois bien le savoir, par les enfants ?

— J'ai cru comprendre qu'elle avait rencontré quelqu'un, mais ça s'est mal passé avec les enfants. Il n'est pas resté.

Eugène martyrisait les pignons de sa boîte de vitesses. Sa réflexion me laissait songeuse. Je voulus faire diversion :

— C'est quoi, cette enveloppe ?

— Une déclaration de dégât des eaux pour les assurances.

— Pourquoi ?

— Parce que jeudi, Vincent a fait couler son bain, l'eau a débordé, inondé la salle de bains, coulé dans l'entrée en faisant sauter le parquet du couloir jusqu'à sa chambre. Voilà, tu sais tout, t'es contente ?

— Personne n'a rien remarqué ?

— La nounou était partie, Chloé faisait ses devoirs chez la voisine et leur mère avait un dîner de boulot. Vincent regardait la télé, il a oublié.

— Bien entendu, ce n'est pas sa faute, pauvre chouchou.

— Je serais toi, j'éviterais d'en rajouter. On vient de s'engueuler, avec Françoise. Le plafond des voisins est à refaire. Ça risque de coincer au niveau des assurances.

— Tu règles les assurances de votre ancien appartement ?

— Ça a été négocié au moment du divorce.

— Elle aurait fait une belle carrière dans les assurances, ton ex.

— Mathilde, on va s'engueuler, arrête !

— Elle est balèze, Françoise. Pour te pourrir la fin du week-end, je ne m'y serais pas prise autrement.

— Mathilde, merde !

— *Traviata*, acte III, scène 4. Si c'est comme ça tous les dimanches soir, je te préviens, je ne vais pas tenir longtemps sur le strapontin !

Eugène pila net. Je fus propulsée vers le pare-brise avant de revenir violemment me cogner contre l'appuie-tête. Il se retourna vers moi, furieux :

— Écoute, Mathilde, tu me gonfles.

— Je te gonfle alors que je viens, pour te faire plaisir, de passer le week-end chez Disney.

— Personne ne t'a mis un flingue sur la tempe ! Si tu ne voulais pas venir, il ne fallait pas.

— Tu m'as fait poireauter vingt minutes dans la bagnole sous les fenêtres de ton ex. Tes enfants ont à peine daigné me dire au revoir, je n'ai pas entendu le moindre remerciement pour les sweat-shirts que je leur ai offerts. Et c'est moi qui te gonfle ?

— Tu veux une lettre de château ? Qu'ils t'écrivent « Chère Mathilde, c'était formidable le week-end que nous avons passé ensemble à t'observer faire la tronche. Merci pour les sweat-shirts, ils sont super, on dort avec. À très vite, on t'adore » ?

— Je n'ai pas fait la tronche, rétorquai-je avec une moue d'adolescente.

— Juste vendredi soir et les deux tiers de samedi. Pour ce matin, je ne me prononce pas, on ne t'a pas vue.

— Tu sais ce qui va se passer maintenant ?

— Non, ma chérie, dit-il d'une voix faussement radoucie.

— Tu vas pouvoir éplucher ton dossier d'assurance et rester à ruminer ton dimanche soir de papa divorcé, seul et coupable. Je ne suis pas mère Teresa, ni conseillère chez Axa, je me fous de vos histoires de parquet, je rentre chez moi, j'ai besoin d'air.

Eugène hocha la tête. Il fit demi-tour devant une voiture qui le klaxonna et s'arrêta en double file à la station de taxis. Je descendis de la voiture sans un mot et il redémarra la portière à peine refermée.

Le chauffeur de taxi posa lentement son *Paris Turf* sur le siège passager. Je lui demandai de me déposer 24, rue de la Huchette, à la droite de la fontaine Saint-Michel. Il enclencha son compteur au tarif C. Je fondis en larmes.

— Faut pas vous mettre dans des états pareils, une belle fille comme vous !

Il me parlait dans son rétroviseur.

— Vous êtes amoureuse, pas vrai ? dit-il en me tendant une boîte de mouchoirs.

Je ne démentis pas.

— Il est marié ?

— Non. Pourquoi vous dites ça ? lui demandai-je en sortant le nez des mouchoirs.

— Il a la tête du gars qu'est marié et qui sait pas comment se dépatouiller de sa bonne femme. Du genre à vous promettre la lune. Puis vous, avec votre petit minois, c'est forcé que vous y croyiez, à la lune. Je me trompe ?

— Il est divorcé.

— Vous êtes la première ?

— Comment ça ?

— La première après le divorce. Pas bon, ça, on sert de brouillon. Et puis, sur la première, il y a l'ex qui passe ses nerfs, qui casse les bonbons. Je sais de quoi je parle.

— Non, officiellement, je suis la troisième.

— Ben, on peut dire qu'il dépote, votre bonhomme ! Et il a des gamins ?

— Deux. Garçon, fille.

— Quel âge ?

— Quinze ans et bientôt onze.

— Ils sont chiants, ses gosses ?

— Ils ne m'aiment pas.

— Normal, avec le temps, vous verrez, ça viendra. Et il a quel âge, votre homme ?

— Quarante-cinq.

— Et vous ?

— Trente-deux.

— Et il veut se remarier ?

— Oui. Enfin, je crois.

— Et vous ?

— Depuis le jour où je l'ai vu. Pourtant, il y a plein de trucs qui m'agacent chez lui.

— Pourquoi vous pleurez, alors ?

— C'est compliqué d'arriver après le plat de résistance.

— Va falloir pédaler, ma petite. Faites-lui un petit.

— On n'est pas obligé de se reproduire pour construire.

— C'est bien de la théorie de bouffeur de gâteaux secs. Ma belette, elle m'a fait un gosse. Je vais sur mes cinquante-quatre balais et notre petit a onze mois. Au début ça m'a fait drôle quand j'ai vu débarquer le rôti de veau, mais maintenant, j'en profite, plus qu'avec mes aînés. C'est chouette ! Je vous dépose ici ? Une fiche ?

— Oui, merci.

— Séchez vos larmes. Ça me fout le bourdon, moi, de voir des filles qui chialent.

— Vous en croisez beaucoup ?

— Pensez donc ! Vingt-quatre ans de métier. On peut dire que je leur en ai fait gagner des dividendes, à Lotus.

— Merci, au revoir.

Je remontai dans mon pigeonnier. Mon portable vibra. C'était un message d'Eugène : « Mathilde, je crois qu'il est préférable que nous arrêtions là. »

Chapitre 7

Effondrée sur mon canapé, je ressassais le message d'Eugène. J'avais le nez rouge et chaud. Les minutes défilaient sur l'horloge du téléviseur éteint. Je les fixais avec des yeux de veau. À chaque changement de dizaine, je composais le numéro d'Eugène. Ça sonnait dans le vide, son répondeur s'enclenchait, je raccrochais et je passais le quart d'heure suivant à me creuser pour rebondir sur son « restons-en là ». Rien ne venait. Les mots s'accordaient mal. Je les effaçais à peine écrits. J'hésitais entre la colère, la frustration, la tristesse, la vexation. La nuit en avait profité pour tomber. J'appelai Philippe pour lui raconter le mélo.

— Laisse-le mariner, m'ordonna-t-il.

— T'es sûr ?

— Tu passes au suivant ! Tu m'entends ? Au-sui-vant ! reprit-il en marquant un espace entre chaque syllabe.

— Non, je ne peux pas.

— Tu te vois occuper tes soirées à gérer des problèmes de gosses qui ne sont pas les tiens ?

— Faut que je m'y fasse… Avec lui, ce sera tout ou rien.

— Trouve-toi un coach pour familles recomposées. Aujourd'hui, c'est le parquet qui flotte, demain ce sera l'appendicite, le dîner aux chandelles qui saute à cause de la réunion parents-profs, les samedis après-midi à se taper les salons d'étudiants pour leur orientation et, après-demain, Venise annulé parce que leur pépé aura calanché ! Il y aura toujours une surprise.

— Oui mais en attendant, qu'est-ce que je fais ?

— Tu fais ce que tu veux ! Je vais te dire un truc. Il a beau te répéter avec des trémolos dans la voix que tu es sa priorité, c'est du pipeau. Sa princesse, c'est pas toi, c'est sa fille. Je suis sûr qu'il nous a fait un faux départ, ton Eugène. Au fait, t'as pensé à mes nains ?

— Ils sont restés dans le coffre de la voiture.

— C'est malin, comment je les récupère ? Au fait, j'allais oublier, je t'ai laissé un dossier sur ton bureau. Je pars demain à Capri pour la convention Leclerc.

— C'est quoi encore, ce dossier ?

— Un brief pour le Festival de Cannes. Veinarde. Une demande expresse de Felon. Je te préviens, il est comme un crin sur le sujet. Je parie qu'il va t'envoyer un texto pour te convoquer à la première heure demain matin.

— C'est quel genre, ces clients ?

— Le gratin des hôtels Aman Resorts. Soirée, montée des marches, dîner. Les transferts sont bouclés, les deux nuits au Majestic aussi. Tu nous trouves une idée de cadeau et un endroit top pour le dîner. En gros, c'est tout.

— Quels hôtels, tu dis ? lui demandai-je, inquiète.

— Aman. Les hôtels Aman. Amandari, Amankila, Amangani… J'ai passé deux heures sur leur site, on va enfin pouvoir partir en vacances dans un endroit de rêve, ma dauphine ! Une semaine à Bali et au retour, je peux te dire, tu l'auras oublié, ton Eugène.

— Ne t'emballe pas sur ta suite balinaise avec vue sur les rizières. C'est l'ex d'Eugène, Françoise Boissot, qui dirige la zone Europe. Elle a dû demander à Gabriel d'intervenir sur le dossier.

— Et alors, où est le drame ?

— Vu son amabilité de rottweiler, je ne suis pas sûre qu'elle nous propose d'y aller avec le tarif client mystère.

— Respire, de toute façon, c'est Felon qui gère le contact en direct. Tu penses, s'il a une chance d'emmener sa bonne femme en vacances à pas cher pour s'éviter Ramatuelle, je te promets qu'il va se la mettre dans la poche.

— Tu exagères…

— À peine, c'est le genre. Je le vois d'ici en pantacourt avec son gilet de reporter et son Lumix autour du cou dans le lobby de l'Aman à Bali. Faut que j'arrête d'y penser, je vais me faire un bouton de fièvre !

— T'es vraiment une punaise.

— Peut-être, mais j'ai bon fond. Enfin, avant de faire le paon sur la Croisette au bras de Françoise, comme Gabriel n'a pas inventé la boule à caravane, il lui faut des idées et, si possible, du clinquant. Je te fais confiance, à mon retour, tout doit être validé. Je te laisse, je n'ai pas commencé ma valise. Et ne t'avise pas de débarquer au bureau demain avec une tronche de carlin anémié. Tu tapes dans ta réserve d'ampoules coup d'éclat. Une ce soir, une autre au réveil. Compris ?

— Qu'est-ce que ça peut te faire ? Tu ne seras même pas là pour constater les dégâts.

— Les autres, ma chérie, les autres ! Il faut garder son rang, comme disait ma grand-mère. Une dauphine ne connaît pas de peines de cœur. C'est comme ça. Allez, salut, tu m'épuises !

À peine avions-nous raccroché que je composai le numéro de ma messagerie. Pas de nouvelles d'Eugène. J'entrepris de récurer l'appartement, j'avais besoin de réfléchir. Après m'être défoulée sur les traces de calcaire, je m'attaquai à ma mine de naufragée. J'avais le visage emmailloté dans les patchs au rétinol quand le bip d'un nouveau message me fit sursauter. Je me saisis de mon téléphone, persuadée qu'Eugène opérait une sortie de crise. Fausse joie. Le texto était signé de Gabriel Felon : « Rocheron, désolé de vous prévenir si tard, rendez-vous demain neuf heures pour brief urgent. Merci de confirmer. » Déçue, je lui répondis du bout des ongles avant de m'endormir bercée par une barrette de Donormyl.

Le lendemain, j'ouvris péniblement l'œil un quart d'heure avant le rendez-vous. Mon téléphone n'affichait aucun nouveau message.

J'appelai Gabriel, qui décrocha avec un timbre de voix du lundi matin :

— Laissez-moi deviner, vous me faites le coup de la panne d'oreiller ?

— Je ne suis vraiment pas bien, j'ai été malade toute la nuit, j'ai dû…

— Vous avez un quart d'heure, Rocheron, trancha-t-il. Je passe vous prendre. Je sors du Lutétia.

Et il raccrocha. Douche, ampoule coup d'éclat, tailleur, talons. Je sortis en courant, il m'attendait dans sa Smart.

— Bonjour, Gabriel, fis-je d'une voix de miel.

— Remballez votre voix d'animatrice radio, je ne suis pas d'humeur.

— Mauvais week-end ? lui demandai-je en me fendant d'un sourire de geisha.

— C'était l'anniversaire de mon beau-frère, il a fallu se cogner d'aller à Barbizon, ma sœur me gonfle, ses trois gosses sont insupportables, je déteste la campagne.

— Gabriel, j'ai oublié mon portable.

— Si c'est pour passer votre temps à rêvasser devant les messages que vous balance celui qui vous a fait prendre deux kilos, ne comptez pas sur moi pour faire demi-tour.

— J'ai grossi ? dis-je, comme prise en flagrant délit.

— Vous ne faites plus d'escrime ?

— Je n'ai pas trop le temps en ce moment.

— Faut vous y remettre, mon bonhomme. Surtout si vous m'accompagnez à Cannes… Je suppose que Philippe vous a expliqué.

— Dans les grandes lignes. Il m'a dit que vous gériez le dossier Aman et que vous seriez seul sur place avec les clients. Ils seront combien, d'ailleurs ? demandai-je.

— Six ou sept environ.

— Ils viennent accompagnés ?

— Oui.

— Donc six couples.

— Non, six ou sept au total. Ce serait pas mal que vous descendiez avec moi pour le repérage. J'ai réservé un vol mercredi.

— Pourquoi ne partez-vous pas avec Ève ? Elle adore les clients difficiles.

— Elle, les paillettes, la Croisette, ce n'est pas trop son truc. Ce serait l'UCPA, je ne dis pas, mais là… Enfin, elle est d'accord pour vous confier le dossier.

— Franchement, je suis émue…

— Pas de mauvais esprit.

— Parce que les paillettes, c'est mon truc, peut-être ?

— Rocheron, ce n'est pas négociable.

— Philippe ne m'avait pas prévenue qu'il fallait ressortir ma zibeline. Donc, Cannes, Aman, montée des marches, le Majestic, ensuite, c'est quoi le programme ?

— Justement, je suis à sec.

— C'est qui, votre contact chez le client ? demandai-je d'une voix faussement détachée.

— Françoise Boissot. L'ex d'Eugène Boissot. Elle n'est pas mal d'ailleurs, je lui trouve des faux airs de Claire Chazal, un peu froide, c'est vrai. Pète-sec en tout cas…

— Mais encore ? soupirai-je en me remémorant la scène du balcon.

Il fut interrompu par un coup de fil, s'excusa, je tournai le regard vers la Seine, nous roulions sur les quais, au pas. Gabriel ne connaissait pas ma relation avec Eugène. Personne au bureau ne la suspectait, seul Philippe était dans la confidence. Nous avions pour jeu, avec Eugène, quand nous nous retrouvions en réunion, de nous vouvoyer ; il me demandait de mes nouvelles alors qu'il venait de me déposer à côté de l'agence deux heures plus tôt. Je n'avais aucune envie de passer la nuit à Cannes, mercredi, avec Gabriel, même par dépit. Ses slips lie-de-vin me faisaient tout d'un coup moins marrer. La conversation se prolongeait, je gambergeais. Il me déposa devant l'agence, m'expliqua en mimant que la conversation allait durer. Vanessa, à l'accueil, m'interpella :

— Salut, Mathilde, il y a un pli pour toi.

— Merci, dis-je en attrapant la lettre sans m'arrêter.

— Ça va ? T'es toute pâle… s'étonna-t-elle en me suivant du regard.

Je fermai les yeux en hochant la tête et filai vers mon bureau en décachetant l'enveloppe.

Adossée à la porte, je sortis une feuille sur laquelle était imprimée une photo. Les sept nains alignés sur le bar de la cuisine d'Eugène, leur visage masqué par le haut d'une chaussette et une phrase faite de lettres découpées dans les journaux : « Si tu ne rappliques pas ce soir avant minuit, je les bute tous ! »

Chapitre 8

J'avais les mains moites et l'air bêta. Le mental d'un setter irlandais qui ne se remet pas d'avoir levé une bécasse. J'imaginai Eugène dépouiller les journaux avec les ciseaux courbés de la salle de bains, s'énerver devant l'imprimante, se foutre de la colle plein les doigts pour aligner son ultimatum à la noix. Le dossier Cannes n'existait plus, je n'avais qu'une idée, envoyer le message d'Eugène à Philippe, ce que je fis avant de l'appeler.

— On nage en plein bonheur, à ce que je vois, répondit-il, pincé.

— On crawle… Droit comme un laser. Et toi ? Comment ça se passe, ta convention Leclerc ?

— Ne fais pas semblant de t'intéresser. La négociation des marges arrière et les contrats de production environnementaux me transportent de joie. Du coup je me suis concentré sur l'ingénieur du son, un Italien qui s'appelle Eros.

— Fais-moi rêver.

— C'est simple, je n'ai rien connu de mieux depuis l'invention du pain en tranches.

— Et Gilbert ?

— Pas vu, pas pris. L'avantage d'être catholique, c'est de pouvoir pécher par omission.

— À ton avis, tu crois que je retourne chez Eugène ce soir ?

— Tu n'as aucune volonté, tu me désoles. Fais ce que tu veux. Mais je te préviens, je ne tiendrai pas la permanence du bureau des pleurs tous les dimanches soir.

— Mais si, t'adores ça. Je te laisse, mes amitiés à Eros.

Le sourire plastifié dans une béatitude d'image pieuse, je rêvassai devant mon ordinateur, les coudes posés sur la pochette du dossier Cannes. Je me demandais comment répondre à Eugène. J'hésitai entre des fleurs ou rien. Rien ou des fleurs. À la fin de la matinée, le rien l'emporta.

J'allais débarquer chez Eugène, tard dans la soirée, le surprendre au moment où il s'y attendrait le moins. Restait à me dépêtrer des avances de Gabriel Felon. Par peur de l'abandon, cette névrose de la destitution qui m'obsédait et mon goût prononcé pour l'ambiguïté, j'avais laissé les fenêtres entrebâillées, je m'en voulais. Gabriel ouvrit la porte de mon bureau en grand, je sursautai.

— Ça bosse, là-dedans ? lança-t-il en s'avançant.

Je fis disparaître le message d'Eugène sous la pochette « Aman Resorts, Festival de Cannes » et pris l'air concentré.

— Ça tombe bien, il faut que je vous parle.

— Qu'est-ce qu'il y a, mon bonhomme ?

Il posa son gobelet de café sur le bureau de Philippe, tira la chaise à roulettes en inspectant les dossiers alignés par couleurs.

— Qu'est-ce qu'il est maniaque, votre camarade de jeu !

— J'ai une question à vous poser.

— Si je vais vous augmenter ? Non. Autre chose ?

— Est-ce que vous quitteriez votre femme et vos enfants pour moi ?

Il écarquilla les yeux, séché. Je le vis déglutir, sa pomme d'Adam s'affolait. Il s'adossa contre la chaise qui s'affaissa dans un couinement. Son sourire l'avait lâché, son regard me fuyait. Il cherchait des yeux quelque chose sur lequel se concentrer et finit par se prendre de passion pour son gobelet de café. Je l'observai cogiter une réplique, il n'avait que du silence à me proposer.

— C'est bien ce qu'il me semblait.

Je parlai lentement pour donner du corps à mon désarroi de Cinecittà. Gabriel s'attendait à des reproches enrobés de regards glacés, j'accentuai sa déroute en lui jetant des œillades de pensionnaire à la SPA.

— Rocheron, qu'est-ce qui vous prend ?

Il pensa un instant s'en tirer comme ça. Avec un ersatz de salto. C'était un jeu, le nôtre, de se titiller jusqu'à ce que le premier abdique, par manque d'à-propos. Quand il prétendait gagner, je lui répondais que ma courtoisie lui concédait le dernier mot.

— Je vous ai posé une question, Gabriel.

— Rassurez-moi, vous me faites marcher ?

— Non.

— C'est bien ce qui m'inquiète.

— Vous aimez votre femme ?

— Évidemment, fit-il en haussant les épaules.

— Alors c'est quoi le sens de notre relation ? Je veux savoir, lui rétorquai-je droit dans les yeux. Je veux savoir ce qui se passait quand vous m'embrassiez. Quand on se retrouvait à l'hôtel, quand vous preniez votre douche après que l'on s'était envoyés en l'air. Je veux comprendre ce que vous ressentiez quand vous regardiez votre montre parce qu'il fallait rester logique avec l'alibi de la réunion qui s'est prolongée. Ça vous faisait quoi quand vous rentriez chez vous, mon parfum encore imprégné dans le nez ?

— Vous me donnez deux secondes ? dit-il en se levant pour aller refermer la porte du bureau.

Il revint se caler dans le fauteuil de Philippe, marqua une pause, se caressa le menton, un coude appuyé sur la table.

— Vous me faites craquer, Rocheron. Je ne peux pas résister, je ne peux pas vous résister, c'est comme ça, ne me demandez pas pourquoi. Vous avez un rire aussi bête que le mien, j'aime être avec vous et bien au-delà de m'envoyer en l'air, comme vous dites si joliment.

— Partir à Cannes mercredi, passer la nuit à l'hôtel, se voir entre deux portes, ça rime à quoi puisque je ne dois rien attendre de vous ?

— Vous voyez, Rocheron, je ne sais pas ce qui me fait le plus chier. Vous savoir amoureuse ou faire une croix sur nos parenthèses. Vous m'emmerdez.

— Moi aussi, je vous aime bien et vous le savez.

— Il a de la chance quand même, votre connard.

— Je lui transmettrai vos amitiés.

— Pour le repérage à Cannes, ajouta-t-il en se relevant, rassurez-vous, je ne me serais pas permis de vous réserver un billet sans vous en parler.

— Pourquoi vous m'avez menti alors ?

— Pour voir si vous étiez accro à votre rigolo.

— Je crois que je le suis, oui. Vous m'en voulez ?

— J'aimerais bien vous dire non.

— Faites un effort.

— Vous ne voulez tout de même pas ma bénédiction ? Faites gaffe, Rocheron, n'allez pas nous épouser un con. Bon, vous me le préparez, ce dossier ?

— J'allais m'y mettre.

— Ce n'est pas le surmenage qui vous guette.

— Gabriel !

— Quoi, encore ?

— Vous oubliez votre café ! dis-je en tendant l'index vers son gobelet.

— Je serais vous, je le garderais. En souvenir de nos jours heureux, rétorqua-t-il en quittant mon bureau.

Il resta un instant devant la porte, je le devinai à la poignée toujours abaissée. Je n'arrivais pas à sonder l'étendue de ses prétendus regrets, je m'en fichais. Mes réflexions sur le dossier Aman étaient au point mort, plus les heures tournaient, moins je me sentais inspirée. Je sortis du bureau tard dans la soirée, fis un détour par le présentoir des maquillages à la pharmacie du Drugstore. Je n'avais pas cherché à joindre Eugène, mon portable laissé en plan sur mon oreiller avait dû bourdonner toute la journée. J'attrapai un taxi sur les Champs-Élysées, le chauffeur plissa le nez quand je lui indiquai Vaucresson. Je lui demandai de stopper porte d'Auteuil pour acheter un bouquet. Je n'avais pas d'itinéraire préféré, il passa par Boulogne, le périphérique était fermé. Le front contre la portière, je pensais à nos retrouvailles.

Eugène ouvrirait la porte, il me tendrait les bras et moi, des marguerites. Il me reprocherait mon retard, pour la forme, je lui ressortirais son ultimatum, il avait dit minuit. Puis j'avancerais d'un pas pour respirer son parfum. Il se laisserait faire, chercherait à se défaire du bouquet et m'enlacerait. Il m'attirerait contre lui, je l'embrasserais en nous déshabillant dans l'entrée. Je l'entraînerais vers sa chambre, il bifurquerait vers le salon, préférerait le canapé. Je trouverais le cuir froid, lui demanderais de me réchauffer. Il me plaquerait contre lui, ses mains sur mes fesses, mes seins contre son torse. Je l'enserrerais avec mes cuisses, indiquerais ma cadence. Il me tiendrait par les reins et je ne comprendrais pas pourquoi il m'appellerait… madame.

— Ma-dame ! Madame ! répéta le chauffeur de taxi en allumant son plafonnier. Ça vous fait quanrante-neuf euros.

Il était vingt-deux heures sur France Info, trop tôt pour croiser des promeneurs de chiens. Devant la glace de l'ascenseur, je rectifiai les coulures du mascara, mes marguerites entre les genoux. Eugène m'attendait sur le palier. Je lui tendis le bouquet, il m'enveloppa de ses bras, me respira. Il froissa mon brushing, me prit par la main, sans un mot, m'attira dans l'entrée, referma la porte et m'embrassa. Il m'indiqua la cuisine, posa les fleurs sur l'évier sans cesser de me regarder, je lui souriais. La télévision beuglait dans le salon, Eugène cherchait un vase, je tendis l'oreille pour deviner ce qu'il regardait.

— Tu regardes *Les Bronzés* ? lui demandai-je en fronçant les sourcils.

— Pas moi, Chloé.

Il haussa légèrement les épaules, m'adressa un sourire embarrassé. J'avais le regard fixe, les dents serrées, quelque chose en moi se raidit, je fulminais.

— Qu'est-ce qu'elle fait là ? demandai-je d'une voix froide.

— Elle a une otite. Sa mère est en déplacement. Je dois l'emmener chez le médecin demain matin. Son cabinet est à côté, c'était plus simple qu'elle dorme ici. Tu n'as pas eu mes messages ?

— J'ai oublié mon portable ce matin, je ne suis pas repassée chez moi. Pourquoi tu ne m'as pas appelée au bureau ?

— Je suis heureux que tu sois là.

— J'ai passé la journée à penser à toi, à nous, à ce soir. Je ne m'attendais pas à ça. Je voulais qu'on se retrouve.

— Mais on se retrouve, ma belle, dit-il en s'avançant pour me prendre dans ses bras.

— Tous les deux, ajoutai-je en m'esquivant.

Je sortis de la cuisine, avançai vers le salon, je tremblais. Chloé était étendue sous notre couette en travers du canapé. Elle grignotait un petit-beurre, me salua avec un air satisfait, puis tourna à nouveau la tête vers l'écran plat. Je restai dans l'encadrement de la porte, soufflée de voir mes nains, en tas, devant le sofa.

Le dîner n'avait pas été débarrassé, la cire bavait sur les bougeoirs. Eugène apporta une tisane à sa fille, le service était soigné. Il avait le pas léger, je me décalai pour le laisser passer, sur le plateau trônait le pot de miel d'acacia que je lui avais rapporté de Sologne. C'était Chloé qui allait l'entamer. J'étais debout, immobile, spectatrice de mes retrouvailles ratées.

Le père avait rejoint sa fille sur le canapé, il délayait le miel dans sa tisane. Je finis par m'asseoir sur le fauteuil d'à côté. Eugène me tendit la main, j'hésitai, je fixai Chloé. Elle se retourna vers moi, esquissa un sourire de vainqueur, sans la lâcher du regard, je saisis la main de son père. J'étais laminée. Mes jours heureux passeraient par la conquête de ce canapé.

Chapitre 9

La cuillère s'enfonçait lentement dans le pot de miel, j'observais du coin de l'œil la gamine qui souriait au téléviseur. Le sachet de poire-vanille faisait la planche au milieu de la tasse, Chloé laissait refroidir son caprice, elle ne touchait pas à sa tisane. Elle roulait des épaules pour se blottir contre son père. Satellisée à un mètre, j'attendais la fin du film. Eugène caressait les cheveux de sa fille d'une main tendre, sans lâcher la mienne de l'autre. Je tendais le bras, mal assise sur le fauteuil mou. Les trapèzes tétanisés, je faisais semblant d'être bien dès que je croisais le regard de Chloé. J'avais onze ans, elle, trente-deux. Mes doigts s'emboîtaient mal dans ceux d'Eugène, je résistais à l'envie de foutre des coups de pied dans la table basse, mon estomac gargouillait. Je m'interdisais de sortir de la périphérie du territoire que Chloé se faisait une joie d'occuper. Le reste des coquillettes au jambon haché me faisait de l'œil, c'était mon plat préféré, Chloé venait de le croquer.

— J'ai faim, avouai-je, les nerfs en pelote.

— Tu n'as pas dîné ? s'étonna Eugène.

— Ni déjeuné.

Sans quitter des yeux le téléviseur, il proposa de

me faire réchauffer les restes, Chloé plaqua ses bras sur la couette. Elle faisait corps avec son père comme une bernique à marée basse se cramponne à son rocher. Personne ne bougeait. Je finis par lâcher la main d'Eugène, pris le reste des coquillettes et partis le menton en avant rejoindre les marguerites restées en plan sur l'évier.

Je fis claquer les portes des placards, demandai d'une voix usante où étaient les vases, le sécateur, le beurre, je n'obtins aucune réponse, Eugène ne leva pas l'ancre du canapé. Je pris le seau en métal, virai la serpillière, le remplis d'eau et coupai les tiges des marguerites.

Le magma de pâtes au jambon crépitait dans le four micro-ondes. Je m'installai au bar de la cuisine, j'attaquai les coquillettes racornies, au coude à coude avec mon bouquet. Le générique de fin s'annonça. Subitement, je retrouvai l'appétit.

— C'est l'heure d'aller au lit, ma princesse.

— J'ai pas sommeil, j'ai mal à l'oreille, protesta Chloé.

— Allez, il est presque onze heures, demain tu n'arriveras pas à te lever pour aller chez le médecin. Au lit ! Je range le dîner et je viens t'embrasser.

Je laissai Eugène faire des allers-retours avec les assiettes, le pot familial de Danette, les sets de table, les bougies molles et effondrées. Il repartit avec une éponge, un couteau pour gratter la cire, pendant que je jetais mon dévolu sur le dernier yaourt à la framboise, le parfum préféré de Chloé. J'étais une sorcière.

— Comme tu accompagnes Chloé chez le médecin, autant que je rentre ce soir.

Je parlai sans le regarder, je jouais la fille froide. Eugène s'approcha de moi, m'embrassa, je gardai les lèvres closes. Face au mur, je terminai mon yaourt, je me trouvais digne, imprenable.

— Non, reste avec moi… Allez, s'il te plaît, reste.

Il insistait, battait des cils, il était théâtral, je n'arrivais pas à résister, je m'en voulais. Il parcourut la cuisine les bras en l'air, à la manière d'un supporter, démarra le lave-vaisselle, prit une bouteille d'eau et disparut rejoindre sa fille. Je le suivis, passai devant la chambre de Chloé, lui souhaitai une bonne nuit d'un ton léger, sans m'arrêter. Eugène était assis au bord de son lit.

— J'ai mal à mon oreille, geignait-elle. Et puis, d'habitude, quand je suis malade, tu dors à côté de moi.

Je me figeai au milieu du couloir.

— Je dormais à côté de toi avant, maintenant, tu es grande. Et puis il y a Mathilde.

— Alors tu laisses les portes ouvertes et la lumière allumée, négocia la petite.

Eugène venait de céder.

— Bonne nuit, ma princesse.

— Bonne nuit, papa.

Je détalai vers la salle de bains.

— Eugène ?

— Je suis content que tu sois là, murmura-t-il.

Il me regardait dans le miroir, appuyé contre la porte, la couette entre les bras.

— J'ai été chargée d'organiser un week-end à Cannes pour le patron des hôtels Aman. Une demande de

Françoise Boissot. Tu lui as donné les coordonnées de l'agence ?

— Je ne vois pas en quoi ça t'inquiète.

Je parlais tout en me démaquillant, j'essayai de prendre un ton neutre, mon coton s'écrasa à côté de la poubelle.

— Je ne fais pas des bonds de joie à l'idée de me coltiner un week-end avec elle si on décroche le budget.

— Tu te fais des idées, viens, je veux te sentir contre moi.

Il me bascula sur son lit, m'effleura le dos, dégrafa mon balconnet. Ses mains me parcouraient au ralenti. Je fermai les yeux pour effacer la présence de Chloé. Nous restions l'un sur l'autre sans bouger, je sentais des miettes sous la couette, je surveillais le couloir, Chloé s'était relevée, elle écoutait de la musique, je voulais fermer la porte. Eugène s'y opposa, j'étais raide, je ne dis rien, il se retourna en embarquant la moitié de la couette et s'endormit. Je me relevai pour éteindre le couloir, fermer la porte, faire la gueule dans le noir.

Le petit déjeuner fut cotonneux, machinal, expédié. Chloé, la main sur l'oreille droite, restait en orbite au-dessus de son verre de lait. Eugène nous pressa. Devant la gare de Vaucresson, je tendis les lèvres pardessus le levier de vitesses pour l'embrasser, Chloé me coupa dans mon élan :

— Mathilde, tu aimerais bien que je sois là ce weekend ?

Elle avait les pupilles brillantes, pas assez de fièvre pour me laisser croire qu'elle délirait, j'attendais la suite avec méfiance.

— Je prendrai mes rollers, on ira au parc.

— Je n'ai jamais fait de roller, Chloé.

Je pensais lui couper la chique, elle avait un moral de fantassin, mon enthousiasme de limace l'électrisait.

— Je t'apprendrai, tu verras.

J'écarquillai les yeux en me retournant vers Eugène, j'espérais qu'il tempère l'envolée, qu'il vienne à ma rescousse, qu'on déroute le sujet. Chloé s'apprêtait à bousiller mon week-end, j'allais rater mon train, j'aimais un homme, j'héritais d'un lot et il fallait que je me mette au roller. Je sortis de la voiture, je souriais faux.

Le vendredi en fin d'après-midi, je déposai ma recommandation pour le Festival de Cannes sur le bureau de Philippe, une copie pour Gabriel. Et je partis chez Eugène.

J'avais l'esprit libre pour me concentrer sur le week-end avec ces enfants qui n'étaient pas les miens. Vincent ne nous rejoindrait que le dimanche. Françoise devait déposer la petite chez son père, samedi en fin de matinée, elle embarquait pour Sydney. Le futur proche me semblait léger. Il fallait se réjouir, le répit serait court. L'interphone carillonna à neuf heures le lendemain. Je soufflais sur mon café, j'étais dans les bras d'Eugène, dans l'apesanteur du réveil, peignoir défait. Chloé débarqua comme un tourbillon, pétillante, ses rollers autour du cou, son otite oubliée.

Elle resta plantée un moment dans l'encadrement de la porte de la cuisine, son père était sous la douche, je glissai une tartine dans le grille-pain. Elle hésita à entamer la conversation, je l'ignorai ostensiblement en feignant de chercher tout ce que je pouvais trouver dans le réfrigérateur. Le pain sauta, je sentais le regard de Chloé dans mon dos, je déballai la motte de beurre, je m'efforçai de rester calme.

— Tu as des protections ? demanda-t-elle, autoritaire.

Mon couteau ripa sur le bar.

— Non.

— Et un casque ? Il en faut un quand on est débutant.

— Non plus.

Elle secoua la tête avec une moue de réprobation, je me concentrai sur ma tartine.

— Il faut demander à papa de nous emmener chez Décathlon.

— Si tu veux bien, je termine d'abord mon petit déjeuner.

— T'en as encore pour longtemps ?

Elle s'impatientait, je lambinais. Chloé s'éclipsa, déçue, en laissant ses patins au milieu de l'entrée. J'étais foutue, aucune issue de secours ne se profilait, je n'échapperais pas au cours particulier.

Eugène demanda à sa fille de faire ses devoirs, elle obtempéra. Au menu : dictée et calcul des pourcentages. Le risque de m'éclater un ménisque me paraissait sérieux.

Une heure plus tard, nous étions dans les allées de Décathlon, la petite glissa dans mon panier l'équipement complet. Elle prenait des cours de roller depuis la rentrée scolaire et se mit en tête de me conseiller sur mes futurs patins. Elle lut chaque fiche technique, envoya promener le vendeur, fit l'argumentaire. Je me laissai mener, Eugène jubilait, le week-end se passerait bien, je leur souriais, je n'écoutais rien.

Je fis sournoisement traîner le déjeuner, entrée, plat, dessert, deux cafés. Eugène et Chloé tergiversèrent sur le lieu du crime, ils tranchèrent pour l'hippodrome de Longchamp.

Je sortis de la voiture, harnachée comme un samouraï. J'avais une souplesse de panzer, je m'évertuai à marcher, rollers aux pieds, comme avec des nouveaux escarpins, et mon arrivée sur la piste cyclable fut remarquable. Je lisais de la pitié dans les yeux de Chloé. Elle me prit par les mains, j'essayais d'intégrer ses recommandations, d'adopter la posture pieds en canard, genoux pliés, épaules détendues. J'avais les fesses en arrière, les reins vrillés, une tête de chat passé au jet. Dix minutes s'étaient à peine écoulées, j'attendais la onzième avec impatience et les suivantes comme jamais.

J'avançais à la vitesse d'un corbillard, mes bras à l'horizontale pour faire balancier, le dos comme une pile de bouquins prête à s'écrouler, mon image était ruinée. Chloé m'expliqua qu'il fallait prendre de l'élan, comme elle, laisser aller. Elle se donnait du mal, je l'écoutais, me rétamais dans la foulée, me relevais, recommençais, j'étais rincée. Distance parcourue : cinquante mètres.

Les joues en feu, je m'accrochais à ce qui me restait de fierté. Eugène, dont je découvris un passé dans une équipe de hockey, me tournicotait autour, zigzaguant entre fous rires et encouragements. Il répétait : « Regarde, c'est comme au ski, c'est facile. » Je hochais la tête pour dire compris. Il ne m'avait encore jamais vue à l'œuvre sur une paire de skis, je faisais la fortune des moniteurs. Chloé commençait à se désolidariser. Je respectai sa honte et la laissai s'éloigner en l'enviant de savoir slalomer.

Après une énième reprise, vermoulue, l'ego chauffé à blanc, le déclic inespéré se produisit. Je pris mon élan, un peu de vitesse et lançai mes rollers. Dans mon esprit, je patinais presque comme Surya Bonali. Chloé m'emboîta la course, nous avancions de plus en plus vite, main dans la main. Elle me dit de me redresser, je faillis réussir, me rattrapai à son bras, ce qui nous fit partir en toupie, avant de nous écraser sur le bitume. J'eus la respiration coupée, Chloé hurla, elle se tenait l'œil droit, du sang plein les mains. J'étais médusée, elle tremblait. Le groupe de cyclistes qui arrivait en sens contraire s'arrêta. En voyant l'attroupement, Eugène comprit et se précipita.

— Je suis médecin, annonça d'une voix calme un moustachu, moulé dans sa combinaison bleu roi.

Il tendit son vélo de course à ses copains, se pencha sur Chloé.

— Comment t'appelles-tu ? Tu me laisses regarder ?

— Je m'appelle Chloé.

— Tu as une petite entaille à l'arcade sourcilière. Ce n'est pas grave, Chloé, mais ça saigne beaucoup.

La petite était sonnée. Le médecin sortit son portable. Eugène arriva affolé, s'agenouilla devant sa fille ; je n'existais plus.

— Je suis médecin, répéta la combinaison bleu roi. C'est l'arcade sourcilière qui a pris, il n'y a rien de cassé, mais par précaution, il faut l'emmener aux urgences pour s'assurer qu'il n'y ait pas de traumatisme. Les pompiers ne vont pas tarder.

Je fixai le visage de Chloé, je pensai à Françoise, ma pommette droite me brûlait. Je bafouillai des excuses, je pleurais en m'essuyant le nez sur les velcros des protections que j'avais encore aux poignets.

Les pompiers arrivèrent, les cyclistes commentaient.

Eugène me tendit les clés de sa voiture, ses patins, ceux de Chloé et m'indiqua comment le rejoindre aux urgences, son regard était glacé.

Il grimpa avec sa fille dans l'ambulance, je les vis partir avec le gyrophare, le médecin à moustaches reprit son vélo. J'étais toujours engoncée dans ma panoplie de samouraï, mes rollers aux pieds, les clés d'Eugène entre les mains, je regardais son 4 × 4 garé un peu plus loin, je sentais la solitude me gagner.

Chapitre 10

Une paire de patins sur chaque épaule, la mienne en travers des bras, je regagnai la voiture en râlant. Jamais, par amour, je n'avais fait autant d'efforts, rien ne m'était épargné, il n'y avait pas de justice.

Dans la précipitation du départ, j'avais tu à Eugène un détail. Le lui avouer devant l'ambulance n'aurait fait qu'aggraver mon cas, les pompiers se seraient mis à ricaner : je n'avais pas de permis de conduire. Je m'étais écrasée par fierté, maintenant je traversais une période de remords. J'avançai sans solution, les gravillons cloutaient le dessous de mes chaussettes, mes genoux se pliaient par réflexe, les rollers me sciaient les épaules, pesaient un âne mort.

Des indications d'Eugène je n'avais retenu qu'une chose, le service des urgences où je devais le retrouver finissait en « é ». Je passai en revue les noms d'hôpitaux. La Pitié, non. Robert-Debré se trouvait à l'opposé. Il eût été logique que la petite soit conduite aux urgences pédiatriques de Necker, les filles de mon âge y débarquaient régulièrement avec leurs gamins. J'essayais de me souvenir, je marchais les pieds de plus en plus recroquevillés, ça me déconcentrait, Eugène devait se trouver à Ambroise-Paré.

Arrivée à la voiture, je jetai les patins dans le coffre, pris mon portable et fis défiler les contacts. Ceux que j'appelai étaient sur répondeur, à la campagne, en week-end. Restaient mes ex. Antoine ne m'adressait plus la parole. Hors de question d'appeler Julien, sa Chilienne ne pouvait pas m'encadrer. Je me rabattis sur Fred et lui expliquai le topo. Il me répondit que je tombais bien parce qu'il allait mal, il venait de se faire plaquer, je craignais qu'il ne me refasse l'histoire, je regardais la pendule du tableau de bord :

— Écoute, Fred, ce qui t'arrive est très triste, on en reparlera plus tard, j'ai un service à te demander. Tu peux venir avec ton scooter ?

Il marqua un temps d'arrêt.

— Et après, j'en fais quoi de mon scooter ?

— Je te suivrai avec jusqu'à l'hôpital.

— Il faut un permis pour le conduire, j'ai changé de cylindrée.

— Viens quand même, on se débrouillera. Je suis à l'entrée de la piste cyclable, route des Tribunes. Tu en as pour combien de temps ?

— Vingt-cinq minutes, je suis encore en pyjama.

— Dépêche-toi, je t'attends.

Je mollissais à l'idée de téléphoner à Eugène. Je pris ma respiration, me composai une douceur inquiète et commençai par lui demander des nouvelles de Chloé.

— Ils lui font des radios, elle a eu une chute de tension dans l'ambulance. Elle a deux points de suture. Où es-tu ?

— Toujours au même endroit. Je ne sais plus exactement où les pompiers vous ont déposés.

— On est à Boulogne, à Ambroise-Paré. Tu te gares dans l'enceinte de l'hôpital, c'est autorisé. Après, tu suis le panneau urgences pédiatriques. Mais qu'est-ce que tu fabriques ?

— J'ai un petit problème.

— Quoi encore ?

Il était expéditif, j'avalai ma salive, je venais de gagner une seconde, je lui répondis d'une voix étranglée.

— Je n'ai pas mon permis.

— Ce n'est pas grave. Même si tu te fais arrêter, tu as quarante-huit heures pour le présenter.

— Je n'ai jamais eu de permis de conduire.

— Quoi ? Tu n'as pas ton permis ? Il manquait plus que ça. T'es complètement débile, pourquoi tu ne me l'as pas dit ?

— Je n'ai pas osé.

Il n'y eut pas d'écho à ma réponse, Eugène réfléchissait. Je profitai de la brèche pour lui expliquer que Fred me déposerait dans une demi-heure à l'hôpital, j'avais tout arrangé, j'arrivais. Eugène explosa.

— T'as vraiment le don de compliquer les choses. Tu ne pouvais pas le dire, que tu n'avais pas ton permis, au lieu de papillonner devant les pompiers ? Tu crois que je ne t'ai pas vue ?

— Tu dis n'importe quoi.

— Et puis, c'est qui, ce Fred ?

— Un ami.

— Je parie que c'est un ex. Tous tes amis sont des ex. Je te préviens, il ne touche pas à mon 4 × 4. C'est clair ?

Eugène m'ordonna de ne pas bouger, j'argumentai, il cherchait une solution, je m'entêtais, je parlais dans le vide, il avait déjà raccroché.

Un quart d'heure après, un couple en moto s'arrêta à ma hauteur, me fit signe de baisser la vitre. Méfiante, je ne déverrouillai pas les portes.

— Mathilde ? me demanda le type en ôtant son casque.

J'acquiesçai d'un mouvement de tête. Il avait un physique de déménageur, petit et vif, le visage carré, des yeux d'acier.

— Je suis Franck et voilà Marion, reprit-il. Nous sommes des amis d'Eugène, il vient de nous appeler. Marion va vous emmener à Ambroise-Paré, je vous suivrai à moto.

— C'est gentil, mais j'ai déjà appelé un ami, je l'attends.

— Je crois qu'Eugène a insisté pour que nous prenions la voiture.

— Très bien, je vous la laisse…

La dénommée Marion s'avança vers la portière. Je ramassai mon sac, mon portable, descendis de la voiture, lui tendis les clés, je m'efforçai de garder un minimum de dignité. Elle s'excusa, je la gênais pour passer. Elle grimpa dans le 4 × 4, ajusta le siège en mâchonnant son chewing-gum, remonta la vitre, augmenta le volume de la radio et démarra. Je la regardais en ruminant mon humiliation, j'espérais qu'elle calerait. Mes prières restèrent vaines. Marion fit son créneau en manœuvrant la voiture d'une main, la machine lui obéit en ronronnant. Son Franck fit claquer sa visière et la suivit en me saluant d'un signe de la main. Je restai impassible le temps de rétrécir dans leurs rétroviseurs, puis m'assis au bord de la piste cyclable pour faire le point sur mon zéro de conduite.

Fred, son scooter et sa bonne volonté mirent dix minutes à arriver.

— Elle est passée où, la bagnole ? demanda-t-il, surpris, le visage comprimé dans son casque.

— Quelqu'un est venu la chercher. T'as un deuxième casque ?

— Tu sais bien que je suis un mec prévoyant. Tu ne t'es pas ratée, t'as mal ? s'inquiéta-t-il en m'attrapant le menton.

— Oui, surtout à l'ego.

Je sortis de la pharmacie, la joue badigeonnée à la Bétadine, un pansement sur la pommette. Fred tenait à me raconter sa rupture avec Sophie. Je m'installai devant sa bière pression, l'écoutai passer en revue les qualités de cette fille. Elle les avait toutes, à l'exception d'une : Tom, son fils, l'enfant d'un autre. Du haut de ses cinq ans, il avait fait capoter l'histoire. Pour ne pas être en reste, je lui décrivis mes premiers pas dans mon costard de belle-mère. Il ne me reconnaissait pas. J'en rajoutai pour le faire rire, il compatit et commanda une deuxième bière. En me quittant, il me conseilla de consulter. Je lui jurai que ma Blanche-Neige ne m'avait pas encore fait la peau.

En début de soirée, je rappelai Eugène. J'avais plus ou moins digéré ma débandade. J'arrivai à Vaucresson avec le dîner. Deux points de suture barraient le sourcil droit de Chloé, avec mon pansement sur la joue, je ne faisais pas le poids. Eugène était soucieux, il redoutait une prise de bec avec Françoise, elle n'avait pas encore atterri à Sydney.

Ma pommette m'élançait. J'expliquai à Eugène que mon écorchure était de la taille d'un jeton de Caddie, il m'écoutait vaguement, se demandait si Françoise avait pris un vol direct ou fait une escale et ne manifesta pas le moindre intérêt à mon égratignure de cour de récré. Faute de public, je remballai ma tête de victime et quittai la cuisine. Il y avait plus urgent, plus fort, plus viscéral. Il y avait eu Chloé, il y aurait toujours Chloé.

La petite était allongée sur le canapé, elle se releva en me voyant arriver, se pencha sur la table basse et me tendit une feuille de papier. C'était un diplôme d'initiation aux rollers. Elle l'avait crayonné aux urgences. Sous mon nom, elle avait stipulé « major de promotion », elle me félicita, je la remerciai, je me trouvais minable.

À la fin du dîner, elle bouda sa tarte au citron, je lui abandonnai ma religieuse au chocolat, son visage s'éclaira.

Vincent sonna le lendemain matin. Je profitai du petit déjeuner pour leur expliquer le programme. Je m'étais mis dans l'idée d'organiser un concours de ridicule. Le jeu consistait à se balader au milieu de la ménagerie du Jardin des Plantes et de prendre en vingt-sept poses tout ce qui nous semblerait grotesque et nul. Je leur fis miroiter un bon Fnac pour les appâter, leurs regards pétillaient. Le numérique de Vincent étant plus performant que celui de sa sœur, j'avais acheté quatre appareils jetables, chacun serait à armes égales, je me trouvais formidable.

Eugène décida de nous emmener déjeuner au Soleil d'Austerlitz, tournée générale de saucisse aligot. À l'entrée du Jardin des Plantes, je laissai Chloé faire équipe avec son père, Vincent exigea que nous changions de cavalier après la pause goûter. Le frère conspirait à l'oreille de sa sœur qui gloussait dès que nous nous croisions, Eugène affichait un sourire radieux, j'avais shooté une belle colonie de blaireaux, mon cachemire sentait le graillon, rien ne pouvait entamer ma ferveur de dalaï-lama. Je venais de trouver la recette des dimanches heureux en famille recomposée.

Chapitre 11

Le vendeur de Photo Center fit glisser les quatre paquets de photos sur la vitre rétro-éclairée. Il prit une pochette au hasard, éparpilla les tirages papier et me demanda de vérifier avant de régler. Je lui tendis ma carte bleue, ramassai les photos sans un mot et sortis de la boutique comme un tennisman quitte le terrain après une raclée. Vincent et Chloé avaient passé l'après-midi à me photographier.

Je regagnai l'agence, tête baissée, je fulminais. En face du bureau, je m'assis sur un banc pour reprendre un à un les clichés. De profil comme de face, sur toutes les poses, j'étais prognathe ou le menton renfrogné, parfois les deux, avec en prime un sourire niais. La seule photo passable était barrée par un autocollant « non facturé ». Ce fut le coup de grâce.

— T'aurais aimé être photogénique ? me demanda Philippe.

Sa voix me fit sursauter. Il se tenait derrière moi, un pied sur le banc. Il jeta sa cigarette et vint s'asseoir à côté de moi. Je profitai de la manœuvre pour faire disparaître les photos au fond de mon sac.

— Te fatigue pas à les planquer, je les ai déjà vues trois fois. Ça fait cinq minutes que je t'observe. C'est quoi, ça ? reprit-il en pointant ma joue.

— La fille d'Eugène a eu la bonne idée de m'amener samedi faire du roller.

— Et ces photos ?

— J'ai organisé un concours de ridicule.

— Je te félicite, a priori t'as gagné.

Je résumai à Philippe la chute en rollers, les pompiers, Eugène et son 4 × 4, les points de suture, l'objet du concours. Je lui expliquai que j'avais voulu mettre en pratique les dernières théories sur la famille recomposée. D'après la littérature que je potassais sur le sujet, les nouvelles familles n'avaient pas de souvenirs en commun, pour se faire accepter, il fallait s'en créer. J'étais folle de rage. Philippe me conseilla d'offrir un bon Fnac aux enfants avec un tirage de mon profil de dinde en guise de souvenir. J'encaissai les épaules basses, les pieds en dedans, j'étais en apnée.

— Tu peux me dire pourquoi tu t'accroches ?

— C'est plus fort que moi, je n'arrive pas à me l'expliquer.

— Avec ton mec, je veux bien, mais ses gosses…

— Tu le fais exprès ? Tu vois bien que je ne peux pas les éviter, ils sont tout le temps dans nos pattes.

— On dirait que ça t'amuse de passer tes week-ends à faire les animatrices de colo.

— Faut bien les occuper.

— Si les gosses s'emmerdent le dimanche, c'est leur problème, à la limite celui de leur père, mais pas le tien.

— Si, justement. Quand ils sont là, Eugène tient à ce que nous restions ensemble.

— Tu as signé un contrat de jeune fille au pair ?

— Arrête, tu deviens blessant.

— Alors si tu n'es ni nounou, ni gouvernante, ni jeune fille au pair, avec les enfants, désormais, c'est service minimum. Capito ?

— Je vois que depuis Capri, tu as fait de vrais progrès en italien.

— C'est ça, fais diversion.

— Comment ça s'est terminé avec Eros ?

— Je ne me suis pas inscrit en cours intensif chez Berlitz.

— T'as jeté un œil à ma proposition pour le Festival de Cannes ?

— Mathilde, on s'en fout de Cannes. Je suis sérieux. Regarde-toi, je ne peux pas te laisser comme ça, tu vas droit dans le mur. Ça se passe bien, ta relation avec Eugène ?

— Oui, du moment que les enfants sont contents, ça va.

— Mais les gosses, tu ne les as pas la semaine ?

— Non, c'est rare.

— Le week-end, tu n'as qu'à les éviter. À partir de maintenant, organise-toi pour faire tout ce que les mioches détestent.

— Écoute, je n'ai pas envie d'en parler.

— Réfléchis, au lieu de bouder comme une conne sur ton banc. Ton orgueil vient d'en prendre un coup, c'est tout.

— Non, je suis déçue.

— Arrête de te laisser marcher sur les pieds, pense guérilla. Ils vont lâcher prise.

— Philippe, je viens de te dire que je n'ai pas envie d'en parler. Gabriel nous attend dans son bureau, il doit nous donner le retour du client pour Cannes. Il faut y aller.

— Tu peux prendre mon dossier ? Je vous rejoins, je vais chercher les cafés.

Gabriel me fit signe d'entrer, il était au téléphone. Je m'installai à sa table de réunion, l'esprit ailleurs, obnubilée par les photos de Vincent et de Chloé. Philippe poussa la porte d'un coup de pied, il se brûlait les doigts, renversa la moitié des cafés. Gabriel venait de raccrocher.

— On n'en a pas pour longtemps, assura-t-il. Le dossier Cannes est accepté, ils ont signé le budget, j'ai reçu la réponse de Sydney ce matin. Se faire tirer le portrait par les studios Harcourt les enchante, le Grand Prix de Monaco aussi. Il n'y a plus qu'à boucler la logistique. Mathilde, vous êtes complètement ailleurs. Vous avez entendu ce que je viens de dire ?

— Oui. Vous parliez de logistique.

— Je sais bien qu'en ce moment vos nuits sont plus belles que vos jours, mais vous descendrez à Cannes. Philippe, je vous confie le dossier. J'avais oublié le mariage de ma belle-sœur, c'est non négociable, je dois y aller. Qu'est-ce que vous avez à me regarder comme ça ?

— Rien, intervint Philippe. Et pour l'hébergement ?

— Vous prendrez ma chambre au Majestic. Ça ne vous ennuie pas de la partager ?

— Gabriel, regardez le budget, initialement il y a deux chambres pour l'agence.

— La marge, Rocheron, pensez à la marge. Une chambre suffira, rétorqua Gabriel.

— On s'arrangera, positiva Philippe.

— De toute façon, ce n'est pas vous qu'irez faire un petit à Mathilde, n'est-ce pas ?

Philippe ne répondit pas, il referma son dossier, repoussa calmement sa chaise, traversa la pièce et claqua la porte en prenant soin de faire trembler toutes les parois du bureau.

— Merde alors ! Qu'est-ce qui lui prend ? s'étrangla Felon.

— On ne peut pas dire que vous ayez été immunisé contre la grossièreté, Gabriel. Je vous trouve mesquin, vous l'avez toujours été, même à l'époque, dans le choix de nos hôtels.

— Rocheron, sortez !

— Comme vous voudrez, mais si vous m'envoyez à Cannes, je veux deux chambres. Et tant que ce n'est pas confirmé, ne comptez pas sur ma présence au bureau. Je vous rappelle que la cérémonie d'ouverture du festival a lieu dans seize jours.

Gabriel répondit en indiquant la porte du doigt. Je me trompais de cible, il payait pour mon incapacité à m'imposer auprès des enfants d'Eugène, pour mes allures de dinde sur les photos, mon gadin en rollers, mes week-ends ratés. J'étais incapable de travailler.

Philippe m'avait laissé un mot, il était au bar d'à côté, je partis le retrouver, il feuilletait *Télérama* devant un cappuccino.

— Je t'ai repéré une rétrospective de Toshiya Fujita, me dit-il en relevant le nez. Tu verras, les gosses d'Eugène vous accompagneront une fois, mais pas deux. Ils finiront par supplier leur père de les laisser devant la télé.

— Tu sais, je préfère éviter les tensions avec ses enfants. En général, je perds la face, Eugène leur cède et puis après, il me fait la gueule. Tu ne voudrais pas plutôt faire un spa ?

— Ce n'est pas en fuyant, ma chérie, que tu vas réussir à t'imposer. Service minimum ne signifie pas absence radicale.

— Tu proposes quoi ?

— Deux choses. Une sortie à quatre ou à deux. Emmène les voir *Turandot* à Bastille, ça les changera de Disney.

— Eugène n'aime pas l'opéra.

— Samedi soir, Aznavour passe à l'Olympia, c'est peut-être la dernière fois.

— Aznavour ? Tu n'as rien de plus rock'n' roll ?

— Les gosses préféreront rester devant un DVD. Tu ne les auras pas dans les pattes.

— Il refusera de les laisser seuls.

— Ça tombe bien, exceptionnellement c'est le but du jeu.

— Je ne te suis pas.

— Samedi soir, il y a une fête. J'avais oublié, je veux que tu viennes.

— Tu sais qu'Eugène n'aime pas quand je sors seule. Il prétend que je l'abandonne.

— Il n'a qu'à venir, papa-poule.

— Il est jaloux, c'est irrationnel.

— Je le trouve pénible, ton Eugène. On va le semer. Tu réserves le spa vers neuf heures. Ensuite tu donnes rendez-vous à la petite famille pour déjeuner au musée Jacquemart-André, ce sera mortel. Vous faites la visite avec un guide, ça va les assommer et après tu les emmènes faire du shopping.

— Je t'arrête tout de suite, Vincent déteste faire les magasins.

— Vise un truc consensuel, les gosses ont toujours besoin de baskets. Tu les embarques chez Adidas, ou Nike, ils vont découvrir qu'ils peuvent personnaliser leurs pompes, l'étage est bourré de monde le samedi. Ils rentreront vannés et toi, tu sortiras tranquille.

Je passai la fin de l'après-midi à mettre sur pied la stratégie de Philippe. Restait à peaufiner la façon dont j'allais vendre la visite du musée Jacquemart-André à Eugène. Si j'arrivais à raccrocher la visite au programme scolaire de Vincent, c'était gagné. Il préférait l'histoire à la géographie. Je consultai les fiches destinées au corps enseignant que proposait le musée, la vie de la grande bourgeoisie sous le Second Empire allait le passionner. Eugène me téléphona, il sortait d'une réunion et me demanda de le rejoindre au restaurant.

— J'ai commandé, tu es en retard. J'ai pris des nems, des vapeurs et des nouilles sautées, on partage, ça te va ?

— Parfait.

— Qu'est-ce que tu me racontes, ma belle ?

— Tes enfants se sont bien foutus de ma gueule, hier.

— Pourquoi tu dis ça ?

— Tiens, regarde.

Les pochettes de Vincent et Chloé atterrirent dans son assiette, il posa ses baguettes, jeta un œil sur les photos, releva la tête pour sonder mon humeur, j'étais adossée à la chaise, menton en galoche et bras croisés. Il baissa les yeux, regarda à nouveau les photos. Je lui repris le paquet des mains, il ferma les paupières pour désamorcer son envie d'exploser de rire.

— Tu trouves ça drôle ? Pas moi.

— C'est pas méchant.

— Je te remercie de prendre ma défense.

— Je vais leur parler.

Son annonce lui permettait de voir venir.

— Tu vas leur parler. Pour leur dire quoi ?

— Je ne sais pas. Il faut que je réfléchisse. Ce n'est pas évident non plus pour eux, tu sais…

— Voilà, je l'attendais, comme d'habitude, tu t'écrases. Depuis ton divorce, tu te sens coupable, ils le savent et ils en jouent.

— Ne t'énerve pas, je vais leur parler.

— Ça ne changera rien.

— Tu exagères, les enfants t'aiment bien, minimisa-t-il en enroulant un nem dans une feuille de salade.

— La preuve. Tu veux revoir les photos ?

— Je t'assure, ils t'apprécient. D'ailleurs, je voulais te dire que Chloé t'invite pour son anniversaire. Françoise m'a envoyé un mail aujourd'hui. Elle organise un déjeuner dimanche à l'appartement.

— Chez toi ?

— Non, chez elle.

— Alors pourquoi dis-tu à l'appartement ?

— Mathilde, on ne va pas pinailler sur les mots. Françoise organise un déjeuner, dimanche, chez elle. Voilà. Ça te va comme ça ?

— Je préfère.

— T'es d'accord pour venir ?

— Parce que j'ai le choix ?

— Écoute, Mathilde, les enfants t'ont vissée de travers avec le concours de photos. T'es de mauvaise humeur, j'ai compris. T'es bizarre, quand même. Si Chloé ne t'avait pas invitée, tu en aurais conclu que personne ne t'aimait, c'était reparti pour la rengaine de la martyre. Elle t'invite, c'est le calvaire. Il faudrait savoir ce que tu veux.

— T'es vraiment naïf, c'est ton ex qui veut me voir.

— Peut-être, mais Chloé n'était pas obligée de t'inviter.

Le serveur fit diversion en apportant les vapeurs. Je m'en voulais, Philippe m'avait fait promettre d'oublier cette histoire de photos, j'étais en train de bousiller la soirée.

Avec l'élan d'un vendeur de vacances, je lui exposai le programme de la journée de samedi. Je n'imposai rien, je proposai. Pour être crédible, j'improvisai une opportunité offerte par un client de l'agence de visiter le musée Jacquemart-André avec un guide. Eugène attaqua les nouilles sautées d'un nouvel appétit, il m'écoutait, sans oser m'interrompre, accepta l'idée, profitait de l'éclaircie. J'avais la main, j'embrayai sur le concert d'Aznavour.

— Je t'ai pris une place, c'est samedi soir. Ça me ferait plaisir que tu fasses la connaissance de Philippe.

— Aznavour ? s'étrangla-t-il. Invite plutôt ma mère, elle l'adore.

— Nous n'avons pas été présentées.

— Tu feras sa connaissance à l'anniversaire de Chloé. Mes parents y seront.

— Très bien. Sinon, pour Aznavour, tu m'accompagnes ?

— Je ne peux pas, tu le sais bien, j'ai les enfants à partir de vendredi. Tu veux le dernier nem ?

Je répondis non, les yeux dans les nouilles sautées. Je n'avais plus faim, je voulais rentrer, signer le cessez-le-feu avec Eugène. En acceptant la visite du musée, il venait de sceller le sort de Vincent et Chloé. Je leur réservais un samedi empoisonné.

Chapitre 12

Eugène rentrait d'Allemagne, il y avait passé la fin de la semaine. Il avait précisé que ses enfants seraient à l'appartement dès vendredi. J'étais prévenue.

Aimantée par l'envie de le retrouver, j'avais ignoré la mise en garde. Je venais de lui confirmer mon horaire d'arrivée, il m'attendait dans sa voiture devant la gare de Vaucresson, le feu de paille des embrassades s'éteignit sur le paillasson.

Il ouvrit la porte sur un territoire annexé. Les sacs avaient été lâchés au milieu de l'entrée, l'état du salon acheva de me démagnétiser. Pots de yaourt laissés pour morts sur la table basse, moquette mouchetée, bouteilles de soda ouvertes, paquets de biscuits en plan, miettes plein le canapé, téléviseur réquisitionné pour la console de jeux.

Ma maniaquerie frisait la pathologie de vieille fille. Depuis que Vincent et Chloé l'avaient compris et intégré, ils tenaient leurs positions, c'était une guerre d'usure, mes airs de châtelaine assiégée les galvanisaient. La tonalité du week-end dépendait de la façon dont ils décidaient de s'éparpiller. Je poursuivis mon tour du propriétaire, mâchoires crispées, talonnée par Eugène qui tentait d'effacer les preuves de leur bordel en ramassant leurs affaires.

Au téléphone avec sa copine Louise, Chloé était affalée sur le lit de son père. Mon lit. Ma couette. Ma joie de la retrouver sonnait faux, elle me répondit comme on s'adresse à une boulangère, en ne prêtant attention qu'à ses éclairs.

Vincent sortit de la salle de bains dans un nuage de buée, en laissant la baignoire pleine, le tapis de bain en boule et trempé. Le père battait le rappel pour mettre le couvert, le fils s'effondra sur le canapé prétextant que son entraînement de foot l'avait exténué.

J'avais été prévenue, si je m'énervais, le parti pris serait en ma défaveur, Eugène s'endormirait en tournant le dos à nos retrouvailles. Avant de me retrancher dans la cuisine, je tendis à chacun des enfants une carte cadeaux de la Fnac en les assurant de leur victoire ex æquo au concours de photo. Leur père m'embrassa. Je venais de griller mon unique cartouche, je jouais désormais sans filet avec une abnégation de carmélite.

Au moment de passer à table, Chloé, qui venait de raccrocher avec sa mère, décida de faire un gâteau au chocolat. Son père la laissa investir la cuisine. Commise d'office, j'interrompis les œufs cocotte, priorité au dessert de la petite. Elle ergota sur le temps de cuisson, sa mère avait stipulé trente-cinq minutes, un quart d'heure aurait suffi, maman avait toujours raison.

Mon dîner fut accueilli comme une blague de fin de banquet dont on connaît la chute, les épinards leur rappelaient la cantine. Eugène s'empressa de corriger le tir. Il leur prépara des coquillettes au gruyère, ses enfants retrouvèrent sourire et appétit. Je les imitai, ils pouvaient faire les malins, je m'en foutais, j'avais la visite du musée Jacquemart-André dans la manche.

Le gâteau de Chloé fut découpé en quatre parts égales, il y en avait pour six, la prestation de la petite déclencha chez son père une avalanche de superlatifs. La main sur la bouteille d'eau, j'évitai tout commentaire, je pensais à l'adjectif bourratif.

Jugeant la minute de gloire de sa sœur interminable, Vincent sortit de table au moment de desservir, il cherchait le Monopoly. À chaque partie, il fallait deux gagnants, ça m'épuisait. J'avais planqué le jeu au fond d'un placard, hors de portée, j'avais misé sur un oubli collectif. Vincent retourna la penderie de l'entrée, nous demanda trois fois où la boîte pouvait avoir été rangée, je répondis d'un air naïf que je n'en avais aucune idée, il sortit le carton des combinaisons de ski, retrouva le Monopoly.

Devant le lave-vaisselle, Eugène me rappela quelques règles essentielles. On laissait les gares et la direction de la banque à Vincent, l'objectif étant qu'il nous saigne au plus vite avec les loyers de ses hôtels. Au second tour, le père fit équipe avec sa fille. Une carte chance m'envoya en prison, j'avais hypothéqué mes biens à Vincent, il accéléra ma banqueroute, ce qui me permit d'abandonner la partie pour aller fumer un pétard en douce derrière le faux lierre du balcon. Eugène vint me retrouver, je lui tendis le joint en lui laissant deviner la suite et pris soin de fermer la porte de notre chambre à clé.

Le lendemain, je quittai l'appartement aux aurores pour rejoindre Philippe au spa. Il exigea une cabine double et fit appeler la direction. La responsable du planning abandonna son comptoir en pleurant, elle allait prévenir ses copines, nos exigences seraient rabotées au gant de crin. Les esthéticiennes gardèrent les représailles pour la fin du soin.

— Tu vas voir, ma dauphine, on va ressortir avec le grain de peau d'une infante.

— À propos d'infante, je suis invitée demain à l'anniversaire de Chloé.

— C'est un piège, n'y va pas, répondit Philippe.

— Je n'ai pas trop le choix. En plus, il faut que je fasse un cadeau.

— Tu ne vas pas te ruiner pour cette petite peste. Tu sais bien que par loyauté vis-à-vis de sa mère, ton cadeau terminera au fond d'un placard.

— Sauf si je lui trouve quelque chose dont elle rêve.

— C'est toi qui rêves. Tu déjeunes toujours au musée Jacquemart-André ?

— Oui, j'imagine. On n'en a pas reparlé, ils dormaient quand je suis partie.

L'esthéticienne invita Philippe à passer sur la table de gommage.

— On se retrouve devant l'Olympia ? me dit-il en suivant la fille armée d'un gant de crin.

— Je t'appelle.

— N'oublie pas la soirée de Scott. Ce soir, tu t'habilles comme une déesse. Je vais te dégoter un célibataire. Un vrai et sans garniture. Tu me désoles avec tes goûters d'anniversaire.

Je quittai le spa en tirant des bords de boutique en boutique, sans arriver à me glisser dans les Converse de Chloé. Je voulais taper dans le mille, faire bisquer sa mère, parader devant son père. J'étais mauvaise, je le savais. Je cherchais la jalousie de ses copines. Je voulais plaire. Plaire à tout prix.

Eugène me prévint qu'il aurait une heure de retard. Vincent marinait dans son bain. Chloé rêvassait devant ses triangles isocèles en pensant bolduc, papiers cadeaux et bougies d'anniversaire. Je confirmai la réservation du brunch, décalai d'une heure la visite guidée et filai chez le coiffeur en attendant de les retrouver.

Eugène m'avait gardé une place à sa droite. Chloé décida de s'installer à côté de son père. J'obtempérai.

— Elle est bizarre, ta coupe de cheveux, persifla Vincent. On dirait Évelyne Dhélia.

— Maman, elle va chez Alexandre Zouari et elle est toujours bien coiffée, renchérit Chloé.

— Vous avez faim ? leur demandai-je en aplatissant mon brushing.

— T'as acheté quoi chez Zadig & Voltaire ? ne put s'empêcher de demander la petite.

— Un tee-shirt.

— Mercredi, avec Louise, j'en ai vu un, il était rouge et il avait des ailes d'ange dans le dos. J'aimerais bien l'avoir.

— C'est exactement celui que j'ai choisi.

— T'as trop de la chance… conclut-elle, une pointe de déception dans la voix, les joues ramollies par l'indifférence de son père à ses appels du pied.

La guide entama son laïus. Eugène précédait le mouvement avec deux pièces d'avance sur la visite.

Ce qu'il préférait dans les musées, c'était les boutiques. La combinaison du spa et des œufs bénédictine me faisait bâiller. Mes talons trop hauts me déconcentraient. J'avançais en repérant les murs libres pour m'y adosser, je luttais contre mon envie de sieste.

La guide, à qui j'avais fait croire que Chloé s'envisageait plus tard restauratrice de tableaux, se prit de passion pour la petite. Les mains dans les poches, Vincent posait des questions qui me scotchaient, il éclipsa sa sœur en demandant à notre accompagnatrice un focus sur la période du Second Empire. Chloé en profita pour retrouver son père à la boutique, j'écoutais la guide d'une oreille, deux pigeons se faisaient la cour sur le rebord de la fenêtre.

Vincent et Chloé me remercièrent, ajoutant qu'ils avaient adoré. Attablée devant un Coca, les jambes comme des poteaux, les escarpins au pied de mon tabouret, je les regardais, éberluée. Je triturais la rondelle de citron avec une paille, en songeant qu'il fallait viser plus haut, plus pointu, plus excluant. Les deux chéris allaient finir par préférer leur console à mes appétits de culture en toc. Je pensais aux stratagèmes foireux élaborés par Philippe. Nos futurs week-ends semblaient se dessiner à quatre. C'était imparable.

Suivant méthodiquement mon programme du jour, j'embarquai la petite famille chez Adidas. Je marchais devant avec Vincent, quand sa sœur, bras dessus, bras dessous avec son père, lança l'idée d'aller le soir même au cinéma. J'encourageai la troupe et déclinai l'offre en abattant la carte du concert.

— Tu vas voir quoi ? me demanda Vincent.

— Charles Aznavour.

— J'adore.

— Ça m'étonnerait. Ton père à qui j'ai pris une place m'a dit que c'était un truc de vieux.

— Je peux venir avec toi ?

— Non.

— Pourquoi ? s'insurgea Vincent.

— J'y vais avec deux amis, après nous avons une soirée. Je ne rentre pas à Vaucresson.

— Papa viendra me chercher. Au pire, je prendrai un taxi. Allez, sois cool, insista-t-il, emmène-moi. Je n'ai pas envie de rester à l'appartement ce soir, Chloé me saoule avec son anniversaire.

— Pourquoi tu ne vas pas chez un copain ?

— J'ai demandé à Antoine, il n'est pas là. Stan, non plus.

— Je ne peux rien pour toi.

— Papa ? dit-il en se retournant vers Eugène. Mathilde veut m'emmener au concert d'Aznavour. Tu es d'accord ?

— Eugène, ce n'est pas vrai, je ne lui ai rien proposé, balbutiai-je, désarçonnée.

— Tu ne veux pas que je vienne, c'est ça ? se rebiffa Vincent. Te casse pas, j'ai pigé. Tu fais la fille sympa, mais en fait, t'es comme Amélie, t'en as rien à foutre de notre gueule.

J'attrapai Vincent par le col et lui demandai de répéter. Il baissa les yeux, bredouilla des excuses, les épaules en portemanteau, la voix boudeuse. Je pris Eugène à part, lui expliquai le mélo, la jalousie du frère, l'anniversaire de la sœur.

— C'est vrai, Vincent ? s'inquiéta Eugène en regardant son fils désarmé.

Vincent détourna le visage, ne répondit rien.

— Tout ce qu'il y a de plus vrai, rétorquai-je à Eugène. Pas besoin de se fader l'intégrale de Françoise Dolto pour piger le problème. Je vais l'emmener au concert et après je m'occupe de lui trouver un taxi. Voilà, c'est réglé. Maintenant, on passe à autre chose. Je rentre chez moi. Et toi, Vincent, t'as intérêt à te trouver en bas à sept heures tapantes. Je ne patienterai pas.

— Mathilde, attends ! s'écria Eugène. Tu ne rentres pas à Vaucresson après le concert ?

— Non, je te l'ai dit, j'ai une soirée. Je vous rejoindrai demain.

Eugène lâcha à nouveau la main de sa fille, m'attrapa par la taille, m'embrassa comme un amant de quai de gare. Je partis sans me retourner, je souriais droit devant, contente de les avoir largués. Quelques rues plus loin, je téléphonai à Philippe.

— Hors de question, répondit-il. Tu fais chier avec ton gosse.

— Ce n'est pas le mien.

— Raison de plus.

— Je te rappelle que le concert d'Aznavour était ton idée. Les enfants d'Eugène n'étaient pas censés s'y intéresser. C'est comme le musée, je te félicite, ils ont adoré.

— Il est au courant, ton petit prince, qu'on n'est pas vraiment de la même paroisse, son père et moi ?

— Non, je ne vois pas en quoi ça le gênerait.

— On en fait quoi après le concert de ton boulet ? On l'amène à la soirée de Scott ?

— On le colle dans un taxi et il rentre chez papa.

— Je préviens Gilbert. T'es vraiment chiante.

Philippe raccrocha. Arrivée chez moi, je me fis couler un bain en réfléchissant au traquenard que me tendait Chloé le lendemain. Sa mère voulait m'avoir sous le nez, elle m'invitait pour me jauger. Je n'étais pas mécontente d'embarquer Vincent ce soir, j'avais besoin d'un allié.

Le téléphone me fit sursauter.

— C'est moi, dit Vincent.

— Il est six heures, tu es déjà en bas ?

— Oui, avec papa et Chloé, au café.

— Je suis dans mon bain, je ne peux pas te faire monter.

— Je peux prendre une douche chez toi ?

— Je sors de l'eau, je m'habille et je te rappelle.

J'enfilai un jean, me maquillai tranquillement et rappelai Eugène. Deux minutes après, Vincent sonna. J'ouvris la porte, il me tendit un paquet.

— C'est quoi ?

— C'est pour toi. Un bouquin qui t'intéressera. Je peux prendre une douche ?

— La salle de bains est là. Voilà une serviette.

— Papa m'a acheté une chemise et un blouson. Tu pourras me rapporter mes fringues demain ?

Je ne répondis pas. Sa serviette à la main, Vincent guettait ma réaction, je déballais le paquet.

— *La Souffrance des marâtres*… C'est toi qui as trouvé ça ?

— Oui, chez Gibert Jeune. C'est pour m'excuser pour ce que je t'ai dit tout à l'heure, je ne le pensais pas.

— Tu crois qu'il y a un chapitre sur la façon dont on gère un beau-fils qui a tanné sa belle-mère pour l'accompagner à un concert ?

— Tu improviseras.

Je m'assis dans le canapé pour feuilleter les premières pages du livre. Vincent venait de s'enfermer dans ma salle de bains.

Chapitre 13

Je guettais les cliquetis du chauffe-eau dans une tension immobile de chat, pas un bruit ne filtrait de la salle de bains, ma paranoïa moulinait. Je n'avais aucune confiance en Vincent.

Il devait savourer la façon enfantine dont j'étais tombée dans le panneau en acceptant sa présence au concert. Il allait s'évertuer à me coller toute la soirée. Je devinais qu'il échafaudait au calme le deuxième volet de son plan d'attaque. Les brûleurs du chauffe-eau ne mouftaient toujours pas, je m'inquiétais.

Peut-être fumait-il un joint à la fenêtre, debout sur la cuvette des toilettes. J'avais trouvé du papier à rouler dans le tiroir de son bureau à Vaucresson, un soir où je cherchais des trombones. J'augmentai le volume de la radio, ôtai mes baskets et me dirigeai à pas de loup vers la salle de bains, les narines en alerte.

J'approchai mon nez de la serrure en priant qu'il n'ouvre surtout pas la porte. Je savais Vincent assez tordu pour aiguiser la jalousie de son père en lui rapportant qu'il m'avait surprise l'œil collé au trou de la serrure alors qu'il était sous sa douche. S'il jouait la scène avec finesse, dans les deux heures, Eugène me dégageait.

Refroidie par l'hypothèse, je retournai sur la pointe des pieds au salon, à la recherche de son téléphone. Évidemment, il l'avait embarqué, j'aurais dû m'en douter. Je me mordillai les lèvres en pensant à ma lingerie de muse de légionnaire qui séchait au-dessus de la baignoire. J'étais sûre qu'il photographiait mes culottes et balconnets. Tassée dans mon canapé, je me demandai laquelle, de ma guêpière Erotik Market ou de ma panoplie en dentelle d'infirmière de nuit, susciterait les commentaires les plus fleuris.

Pour dominer mon désarroi, je repris la lecture du petit précis de la marâtre au chapitre « Parentalité subite ». Les premières lignes m'inspiraient autant qu'un alignement de consonnes sur une réglette de Scrabble. Il n'y avait ni formule miracle, ni mode d'emploi pour développer des relations amiables. Je songeai qu'avec Vincent nous ne savions jamais que nous dire. Nous ne nous parlions pas, la télévision meublait nos échanges, les bips de ses consoles de jeux monopolisaient nos conversations.

Les brûleurs du chauffe-eau s'enflammèrent enfin. J'abandonnai le livre et partis dans ma chambre choisir une robe du samedi soir et des talons hauts.

Vincent était toujours sous la douche, je tournais en rond dans le salon, m'affairais au milieu de mes CD pour dégager sous le canapé tout ce qui faisait fille à hit-parades.

La porte de la salle de bains se déverrouilla. Vincent arriva, pieds nus, chaussettes à la main, cheveux mouillés. Je faisais semblant de lire en le suivant du coin de l'œil, il s'observait dans le reflet de la baie vitrée, hésitait à rentrer sa nouvelle chemise blanche dans son jean.

Il promena ensuite un regard circulaire sur mon salon de poupée, ses bras trop longs l'encombraient, il ne savait pas où, ni comment se poser. Les nus d'Helmut Newton avaient retenu son attention, il s'assit sur le canapé, compulsa les photos en jouant les détachés.

— Tu veux un Coca ? fis-je pour trancher le silence.

— Mouais, je veux bien.

Il se releva, sortit d'un sac son nouveau cuir couleur tabac qu'il enfila. Je m'avançai vers lui, ciseaux à la main, coupai l'étiquette qui pendait à son poignet. Il s'était aspergé de Fahrenheit, l'eau de toilette de son père. Nous étions face à face, Vincent détourna le regard, il inspira calmement, releva le menton et me sourit plein pot. Il avait des pupilles de chat dans la nuit, j'en conclus qu'il avait fumé. Sa présence devenait urticante.

J'attrapai mon sac en prétextant qu'il était temps d'y aller. Il me fit oui d'un signe de la tête, laissa son sweat-shirt sur le canapé, avala son Coca, je l'attendais sur le palier. Il épiait mes gestes précipités, j'évitai son regard, exclus la confrontation dans l'ascenseur et entrepris de descendre à pied, malgré mes talons. Ses mains rattrapaient les miennes sur la rampe, je me concentrai sur les marches pour ne pas glisser, comme chaque samedi, la concierge avait ciré l'escalier.

Une fois dans la rue, son portable sonna, il accéléra le pas, expliqua à son interlocuteur qu'il ne pouvait pas parler, j'hésitai à lui demander pourquoi. Il raccrocha avant de grimper dans le taxi, j'indiquai au chauffeur l'Olympia.

Philippe nous attendait dans la file massée à l'entrée.

— T'es belle, ma dauphine, on dirait Sophia Loren ! me dit-il en m'embrassant.

— Je te présente Vincent.

— Depuis le temps que Mathilde me parle de toi… Alors comme ça, ça te botte, Aznavour ?

— J'aime assez, répondit Vincent.

Gilbert arriva au moment où je cherchais à éloigner Philippe pour lui rappeler que l'on se débarrassait de Vincent par le premier taxi après le concert. Gilbert empoigna Philippe par les fesses et l'embrassa à pleine bouche. Vincent sortit son portable et se retrancha derrière ses messages. La file d'attente avança. Je pris les places pour repérer les numéros, laissai lâchement Vincent entre Philippe et Gilbert.

À la sortie du concert, Philippe nous entraîna à la soirée de Scott, qu'il organisait dans un appartement en travaux en bas de l'avenue Marceau. Je sortis mon téléphone pour appeler un taxi, renvoyer Vincent à Vaucresson.

— Laisse venir le poussin avec nous, regarde, il est tout déshydraté, s'enflamma Gilbert.

— Non, répliquai-je, butée. S'il y a un pépin, je suis responsable.

— Tu ferais mieux d'appeler Eugène. Vincent va galérer pour rentrer à Vaucresson. Il reste dormir chez toi et demain vous les rejoignez à l'anniversaire de sa sœur, proposa Philippe.

— Impossible. Je n'ai qu'un lit.

— Menteuse ! s'écria Gilbert.

— Toi, ta gueule, rétorquai-je, les dents serrées.

— Mon pauvre poussin, elle n'est pas commode, ta belle-mère ! se rengorgea Gilbert.

— Arrête de l'appeler poussin, c'est ridicule. Vincent est mineur, on ne l'emmène pas à la soirée.

Je finis par céder. Laissant Vincent encadré par Philippe et Gilbert, je ressortis de l'immeuble pour prévenir Eugène. Il semblait inquiet.

— Tu veux que je vienne le chercher ?

Je restai évasive.

— Où êtes-vous ?

— On boit un verre. Je te renvoie Vincent dans une heure.

— Pas plus tard, hein ?

— Promis. Je te rappelle dès qu'il est dans le taxi.

Je retrouvai Philippe, Vincent et Gilbert chacun une coupe de champagne à la main. L'appartement était bondé, je n'avais pas envie de danser et sortis prendre l'air sur le balcon, discuter, faire semblant, tuer le temps. En rentrant, je fis signe à Vincent de me rejoindre, il était resté au bar.

— Ça va ? T'as l'air bizarre, lui demandai-je une fois dans la rue.

— J'ai picolé.

— Petite nature. Tu ne vas pas me faire croire qu'une coupe de champagne te met dans le décor.

— Pas une, trois. En plus, on n'a pas dîné. Et puis je crois que c'est le cocktail que m'a filé un mec…

— Quel mec ? C'est quoi, cette histoire ?

— T'étais partie. Fallait me surveiller.

— J'suis pas ta mère.

Vincent titubait derrière moi, je l'entendais se racler la gorge, cracher sa salive. Je fis demi-tour, revins vers lui, le pris par le bras pour le faire avancer, j'étais excédée.

— T'as dix minutes pour te remettre d'équerre. Alors maintenant tu arrêtes de faire le con, parce que je vais téléphoner à ton père. Tu vas te faire engueuler.

Vincent s'arrêta, me regarda droit dans les yeux.

— Quand il saura que c'est toi qui m'as fait boire, il va te tuer.

Je lui lâchai le bras en le repoussant. Sa réflexion m'avait assommée. Il s'éloigna, la main sur la bouche, s'agrippa à un platane et vomit comme un chien. Je détournai le regard, l'estomac retourné, je ne voulais plus l'approcher.

Eugène devait être sur le pied de guerre. Je consultai mon portable, pas de message. Le bar, un peu plus loin, était encore ouvert. Je courus négocier une bouteille d'eau. Le cafetier me jeta un regard en biais, me rembarra sous le prétexte qu'il avait fait sa caisse, que de toute façon il était fermé et que le verre était consigné. Je sortis un billet de dix en décrivant la situation. Il soupira, posa son torchon, décapsula une bouteille et me tendit des serviettes. En ressortant, je retrouvai le môme affalé sur un banc.

— Tiens. Bois. C'est de l'eau.

— Putain, j'en tiens une bonne ! lança Vincent, hilare, en moulinant mollement du poignet.

Un filet de bave pendait au coin de ses lèvres. Je lui demandai ce qu'il avait bu. Il me regardait en me souriant bêtement. Je le pris par les épaules et tentai de l'asseoir en lui alignant pieds, genoux, bassin. Il s'affaissa sur sa droite, je le rattrapai par la manche.

— Laisse-moi, fit-il en dégageant son bras, je veux dormir.

— Non, tu ne dors pas.

— Fous-moi la paix.

Il se laissa retomber sur le banc. Je m'assis à côté de lui, le calai contre mon épaule pour lui passer les serviettes humectées d'eau sur le visage. Philippe, S.O.S. Médecins, Eugène. Trois solutions. Je consultai ma montre : il était minuit passé, j'avais une demi-heure de retard. Je retins Vincent d'une main, pris ma respiration et téléphonai à son père. Il décrocha à la première sonnerie.

— Qu'est-ce que vous fichez ?

— Ne t'inquiète pas, je t'appelais pour te dire que…

— T'as vu l'heure ? coupa-t-il en me parlant comme si j'étais sa fille.

— Je voulais juste te prévenir que j'allais commander un taxi.

— Si tu n'en trouves pas, je viens vous chercher. Tout va bien ?

— Impeccable.

Je raccrochai sur mon mensonge. Je voulais gagner du temps. Vincent me ventilait son haleine avariée sous le nez, je lui parlais en regardant à l'opposé. J'avais un poids mort contre mon épaule.

Il fut pris d'un nouveau spasme, plongea la tête entre les genoux, n'épargna pas mes escarpins, je bondis du banc. Mon portable sonna, Philippe.

— Qu'est-ce que tu fous ? T'as raccompagné le minet ?

— Non, ce petit con est malade, il vient de flinguer mes Louboutin. Rapplique, je suis dehors, sur le trottoir de droite en descendant.

Gilbert et Philippe se précipitèrent sur Vincent. Lui donnèrent quelques claques, le prirent par les aisselles pour le forcer à marcher. Ses baskets raclaient le bitume. Ils le déposèrent sur le banc suivant, Vincent s'affaissa, mou partout.

— T'as prévenu Eugène ? s'inquiéta Philippe.

— Oui, mais je n'ai pas osé lui dire la vérité.

— Faut téléphoner à un médecin, il est tout vert, le poussin, s'alarma Gilbert.

— Vous l'avez fait picoler ?

— Je t'assure que non, s'empressa de répondre Gilbert.

— Il m'a dit qu'un mec lui avait filé un cocktail. Je suis sûre qu'il me ment, il a dû fumer un pétard. À se demander s'il ne s'est pas pété la tronche juste pour m'emmerder.

Philippe téléphona à S.O.S. Médecins. Dix minutes après, un gyrophare bleu s'arrêta à notre hauteur. Philippe jeta sa clope par réflexe. Vincent somnolait allongé en travers du banc.

— Bonsoir. Dr Marteret, annonça le médecin.

— Vous avez fait vite ! ne put s'empêcher de commenter Gilbert.

— J'étais dans le coin, répondit-il, glacial, en reniflant Vincent. Il a l'haleine alcoolisée, il a été malade ?

— Oui.

— Je peux voir ? reprit le docteur en ouvrant sa mallette.

— C'est là et puis là, fis-je en tendant l'index vers le platane, et là, en pointant mes escarpins.

— Il a bu quoi, vous savez ? enchaîna le médecin.

— Quelques coupes de champagne et un cocktail, il n'a pas dîné. Je pense qu'il a fumé un pétard. Il n'est pas en train de faire un coma ? demandai-je, mal assurée.

— Je l'examine. Vous n'êtes pas les parents, je suppose. Ils sont où, les parents ? reprit-il en pinçant les doigts de Vincent.

— À Vaucresson.

— Vous les appelez, s'il vous plaît, dit-il tout en auscultant les pupilles de Vincent avec sa petite torche.

Je demandai une cigarette à Philippe en composant le numéro d'Eugène. Je compris qu'il était déjà sur la route.

— J'arrive à Paris. Vous êtes où ?

— En bas de l'avenue Marceau.

— Qu'est-ce qui se passe, Mathilde ? Tu vas me le dire ?

— Vincent a trop bu.

— Il est malade, c'est ça ?

— Oui, un docteur l'examine. Je te le passe.

Je tendis le portable au médecin. Il expliqua à Eugène que Vincent devait rester sous surveillance durant la nuit, je tirais sur ma cigarette comme si c'était la dernière, mon histoire d'amour ne passerait pas l'hiver.

— Tu veux qu'on reste ? demanda Philippe.

— Non, allez-y, je vais me débrouiller.

Eugène se gara en tirant nerveusement sur son frein à main, il passa devant moi sans m'adresser un regard, salua le médecin, s'accroupit devant son fils. Je tendis soixante euros au docteur. Il les empocha, aida Eugène à saucissonner Vincent à l'avant du 4 × 4 et s'en alla. Je voulais rentrer chez moi.

— Ben, monte ! aboya Eugène en claquant sa portière.

Je m'installai à l'arrière et attendis les reproches.

— Tu peux m'expliquer pourquoi Vincent s'est retrouvé à ta soirée ?

— Il ne voulait pas rentrer. J'ai cédé.

— T'es complètement inconsciente de l'avoir fait boire.

— Je ne l'ai pas fait boire. J'étais dehors, sur le balcon. Vincent a accepté un cocktail, ça l'a rendu malade.

— Qu'est-ce que tu foutais dehors ? Pourquoi tu l'as laissé ?

— Je prenais l'air, il a voulu rester à l'intérieur.

— Vous n'aviez pas dîné ?

— Non.

— Bravo. Je te félicite.

— Il n'y a pas de quoi.

— Ça va être coton demain à l'anniversaire. Je te laisserai t'expliquer avec Françoise.

Je regardais Paris s'éloigner par la fenêtre. La route fut pénible. Longue puis silencieuse. Eugène détourna le visage quand je voulus l'embrasser. Il passa la nuit au chevet de Vincent.

En poussant doucement la porte, au petit matin, je vis un père endormi, assis en accordéon dans un fauteuil, tenant son fils par la main.

Vincent avait remporté la manche, ma défense serait difficile à plaider, pour Eugène, il y avait forfait.

J'avalai un cachet d'aspirine pour parer à la journée qui m'attendait et sortis acheter croissants et journaux, profil bas.

Chapitre 14

Quatre heures et trente-cinq minutes me séparaient de Françoise. Je regagnai l'appartement d'Eugène, la basket molle, les omoplates voûtées par le pensum.

Arrivée devant l'entrée de l'immeuble, je tapai le code sans empressement, je profitai de la glace de l'ascenseur pour m'entraîner à saluer Françoise. Un sourire plus ou moins élastique par posture, une façon de faire par étage. Faute d'inspiration, au quatrième, je tirai la langue au miroir.

Les portes s'ouvrirent, Eugène m'attendait en peignoir sur le palier. Il fit un pas, m'attira contre lui et m'enlaça.

— J'ai eu peur, je croyais que tu étais partie.

— Je suis juste allée chercher des croissants et les journaux.

— Je m'en veux de t'avoir engueulée hier, excuse-moi. Mais j'étais inquiet et puis peut-être un peu jaloux qu'il ait pris sa première cuite avec toi. C'est compliqué à t'expliquer.

— Je sais, je connais le refrain. Je n'ai pas d'enfants, je ne peux pas comprendre.

— Ce n'est pas ce que je voulais dire.

— Il dort toujours ?

— Il s'est recouché. Il ne tient pas debout.

— Tu crois qu'elle va marcher, Françoise, si on lui fait croire qu'il a avalé un *vitello tonnato* frelaté ?

— Je me suis fait la même réflexion, mais j'étais parti sur des champignons à la grecque. Tu veux un café ?

— Oui, mais il faut que je me magne, je dois aller récupérer le cadeau de Chloé à Paris.

— Tu lui donneras une prochaine fois, répondit-il en tirant sur une corne de son croissant.

— Non, elle va penser que je n'ai rien acheté. Comme je ne suis pas en odeur de sainteté, je préfère éviter.

— Tu n'as qu'à lui prendre le dernier *Harry Potter* à la maison de la presse.

— *Harry Potter* ? Trop tard, elle m'a dit que sa mère avait poireauté une heure devant la Fnac pour la sortie du dernier tome. Je ne peux pas lutter. Tu ne veux pas plutôt m'emmener ?

— Et Vincent ?

— Il dort, Vincent… On lui laissera un mot. Ce serait quand même plus simple si tu emménageais à Paris.

— Et toi si tu passais ton permis.

— Je te l'ai dit cent fois, je n'habiterai jamais à Vaucresson. Tu m'emmènes à Paris ?

— J'avais d'autres projets, me murmura-t-il en glissant ses mains sous mon tee-shirt.

— Je vois, mais si je n'ai pas de cadeau pour Chloé alors qu'elle m'invite à son anniversaire, Françoise va te faire une réflexion, ça va partir en vrille et après, tu n'auras plus envie de moi.

— Ton argument tient la route. Je vais prendre une douche.

Au moment de partir, Eugène fit demi-tour et s'installa dans la cuisine :

— Attends, je vais d'abord lui préparer un jus d'orange…

— Tu vas l'achever si tu fais ça. Vaudrait mieux qu'il boive un Coca.

— T'as raison, je vais lui laisser un mot.

Je me pinçai les lèvres devant l'aveuglement d'Eugène. Vincent savait très bien ce qu'il fallait ingurgiter contre la gueule de bois. La cuite d'hier n'était pas une première. Il se débrouillait tout seul pour trouver du papier à rouler et du cannabis, je présageais qu'il saurait ouvrir la porte du réfrigérateur pour prendre une canette de Coca-Cola. Eugène n'avait pas vu grandir son fils.

Il prétexta qu'il avait oublié son portable dans la chambre. Vérifia une dernière fois que Vincent dormait avant de partir.

Porte de Saint-Cloud, Eugène s'engouffra dans la rue Michel-Ange, ralentit après la station Molitor, hésita, jeta un œil à sa montre et se gara.

— Qu'est-ce que tu fais ?

— Suis-moi, je vais te montrer quelque chose.

Je sortis de la voiture, il avait son petit sourire en coin, consulta son portable, composa le code d'entrée, m'indiqua l'ascenseur de droite, appuya sur le sixième étage.

— Tu me passes les clés ? C'est toi qui les as.

— Mais c'est à qui, ce trousseau ?

— À moi ! affirma-t-il d'un ton satisfait.

— C'est ta garçonnière ?

— Non.

— Alors on est où ?

— Dans notre nouvel appartement. Enfin si t'acceptes d'emménager avec moi. Et les enfants, un week-end sur deux.

Je restai figée sur le paillasson.

— Je croyais que tu n'aimais pas Paris.

— Oui, mais je t'aime, toi, et je veux qu'on vive ensemble.

— Attends, tu peux repéter ?

— Je veux qu'on vive ensemble.

— Encore.

— J'ai envie de toi, je veux qu'on vive ici. Je te fais visiter ?

— Après. Montre-moi d'abord notre chambre.

Je l'attirai contre moi. Il s'allongea à même le parquet. Il venait de me dire ce que j'avais envie d'entendre, ses mains me parcouraient, s'agrippaient à mes hanches, je fermai les yeux, des larmes m'envahissaient. Je luttais contre les images de Vincent vomissant, de Françoise à son balcon, Chloé collée à son père sur le canapé, tout s'emmêlait. Je n'arrivais pas à lâcher prise, son portable sonnait. Je me concentrai pour revenir au sujet, nous accorder, nous retenir, ne plus pouvoir, vaciller, basculer.

— Chambre adoptée, murmurai-je. Ton téléphone n'a pas arrêté de sonner.

Eugène attrapa son portable et se releva d'un bond.

— C'est Françoise… Je devais passer chercher le gâteau d'anniversaire de Chloé avant treize heures.

— Où ?

— À Vaucresson.

— On visite vite fait ?

Je parcourus le duplex en finissant de m'habiller. Il me montra les chambres des enfants. Il y en avait une en haut, l'autre à l'opposé de la nôtre. Ça créerait des histoires, mais j'évitai de lancer le débat.

Eugène m'accompagna jusqu'à chez moi, il m'attendit en double file, je récupérai le cadeau de sa fille et achetai un bouquet chez le fleuriste en bas.

Sur le chemin du retour, Eugène téléphona d'abord à la pâtisserie, ensuite à Vincent pour le cueillir en bas de l'appartement.

À une heure moins deux, nous nous garions devant la résidence de Françoise.

Je n'étais pas maquillée, je portais un jean élimé, un tee-shirt pas repassé, une veste attrapée à la va-vite sur le rebord d'une chaise. Je me sentais mal. Mal à l'aise, mal fagotée, mal barrée pour remporter les suffrages, faire l'unanimité.

Eugène avança dans l'allée, les mains prises par le saint-honoré. Vincent, à qui l'on avait expliqué dans la voiture de justifier son teint d'endive par un *vitello tonnato* avarié, nous suivait en traînant les pieds.

J'étais cramponnée au cadeau de Chloé, au papier cristal du bouquet, j'avais les mains moites. Vincent sonna, je me faisais toute petite derrière les épaules d'Eugène.

— Ah ! Quand même, rugit Françoise.

Elle consentit à tendre une joue vers Eugène qui l'embrassa par-dessus la boîte du saint-honoré. Puis elle se pencha vers Vincent en lui demandant d'une voix ostensiblement douce si ça allait. Je n'existais pas.

Elle portait un pantalon beige et se tenait toute droite dans sa chemise blanche. Son brushing était impeccable, ses ongles rouges parfaitement manucurés. Les carats de son pendentif brillaient tant qu'ils pouvaient sur son décolleté déjà hâlé. Nous étions à la même hauteur malgré ses dix centimètres de talons mais j'étais toujours transparente.

Eugène m'écrasa les pieds en se retournant vers moi, il ouvrit la bouche pour me présenter. Françoise le devança.

— Mathilde, c'est ça ? dit-elle d'un ton supérieur en redressant le menton.

Elle hésita un court instant, ne sachant pas s'il fallait me serrer la main ou m'embrasser. Je lui tendis le bouquet et m'entendis dire d'une voix conne :

— Tenez, je vous ai apporté des fleurs…

Françoise devait penser que son ex se tapait une cruche et s'inquiéter pour ses enfants. Son regard jurait avec le « Welcome » de son paillasson.

Elle laissa le bouquet sur la console de l'entrée, nous précéda en nous expliquant que le déjeuner venait de commencer. Ses talons claquaient sur le parquet flottant, les semelles de mes ballerines couinaient. Françoise jouait à domicile, je me répétai que tout était sous contrôle en souriant aux regards qui convergeaient dans ma direction.

— Eugène, je te laisse faire les présentations. Et puis vous vous servez, d'accord ? enchaîna Françoise en pointant l'index vers le buffet. Prenez une assiette et posez-vous où vous pouvez.

Françoise venait de s'asseoir à côté d'une brune au sourire botoxé. Je parcourus d'un œil inquiet les deux tablées, les places restantes étaient séparées.

— Tu permets que j'embrasse d'abord ma fille ? objecta Eugène dans un sursaut d'autorité. Bonjour, ma princesse. Bon anniversaire, ma chérie !

— Bonjour, papa ! miaula Chloé en venant se blottir contre son père.

Elle me salua en agitant la main d'un signe évasif. Je lui tendis le sac Zadig & Voltaire, tout en respectant la distance réglementaire qu'elle m'imposait.

— Mathilde ! Les cadeaux, chez nous, c'est au dessert, me fit remarquer Françoise.

Je m'excusai en essayant dans la foulée de rattraper le paquet, la petite ne voulait plus le lâcher.

Eugène me prit par le bras pour me présenter ses parents. Coincés à côté de la fenêtre, en bout de table, ils attaquaient le poulet en gelée.

Ce que je savais d'eux tenait en une phrase. J'avais tout pour déplaire. Ils jouaient deux fois par semaine au bridge, habitaient Saint-Germain-en-Laye, préféraient Mozart à Bach, roulaient en Renault, étaient abonnés au *Figaro* et regardaient tous les soirs « Questions pour un champion ».

Le père d'Eugène avait fait carrière dans l'armée, sa femme se consacrait aux bonnes œuvres. Ils n'avaient toujours pas digéré le divorce de leur fils. Je me souvenais des confidences d'Amélie. Ils avaient refusé de faire sa connaissance et continuaient de fêter le réveillon de Noël avec la mère de leurs petits-enfants. Ça faisait sept ans que la séparation avait été prononcée.

— Bonjour, papa, bonjour, maman.

— Bonjour, mon chéri, prononça sa mère du bout des lèvres.

Elle me dévisageait avec une suspicion de douanier.

— Je vous présente Mathilde.

— Et elle a un nom de famille, cette demoiselle en jean ? rétorqua sa mère.

— Bonjour, madame, Mathilde Rocheron. Je suis heureuse de faire enfin votre connaissance, Eugène m'a beaucoup parlé de vous.

— Je ne vois pas ce qu'il a pu vous raconter, vu ce qu'il vient nous voir… trancha-t-elle sèchement en me tendant une main froide et diamantée.

— Bonjour, Mathilde, sourit le père en s'extirpant de sa chaise. Eugène est resté très discret à votre sujet mais je suis ravi de vous rencontrer, ajouta-t-il, la serviette dans le col de sa chemise.

Je lui souris poliment.

— Ce sont les petits-enfants qui nous ont parlé de vous, reprit-il en veillant à ce que ces mots n'atteignent pas les tympans de Françoise.

— Aïe ! Il faut craindre le pire alors.

— Maurice, ta serviette ! intervint sa femme en lui ordonnant par un signe de s'essuyer la bouche.

— Ta mère, Eugène, je ne sais pas ce qu'elle a aujourd'hui, c'est un vrai paquet de nerfs !

— Je ne veux pas vous importuner plus longtemps je vous laisse à votre déjeuner, avançai-je, diplomate, pour écourter les présentations.

Maurice se laissa retomber devant son taboulé, déçu de cette rencontre écourtée. Sa femme me suivait du coin de l'œil, le sourcil revêche, en mastiquant son poulet. Je saluai avec un sourire d'automate le reste des invités. La copine de Françoise s'appelait Christine.

Eugène s'esquiva, appelé par Vincent. Je m'éclipsai dans la pièce attenante au salon, pour reprendre mon souffle devant le buffet. Les convives avaient fait un sort à la salade de gésiers.

— Venez, Mathilde ! Venez nous rejoindre, me défia Françoise, l'amorce d'un sourire dans la voix.

— Merci, c'est gentil, bredouillai-je en arrivant vers elle.

— Asseyez-vous. Je vous présente Mathilde, la nouvelle… compagne, petite amie, fiancée, enfin comme vous voudrez, d'Eugène, annonça-t-elle en faisant du bruit avec ses bracelets.

— Rouge ou blanc ? demanda mon voisin de table.

— Rouge, merci.

Françoise attaqua bille en tête, j'avais la gorge sèche.

— Eugène m'a appris que vous travailliez dans l'agence qui va gérer notre séjour à Cannes. On peut dire que vous avez le sens du client.

— Je vais tâcher de le prendre comme un compliment, répliquai-je d'une voix d'hôtesse.

— Je connais très bien votre patron. Il va un peu dans le sens du vent, mais il est tout à fait charmant.

— Je vois que vous avez cerné le personnage.

— Rassurez-vous, je ne lui ai rien dit. Les amourettes d'Eugène, vous savez… soupira-t-elle en balayant la table de la main. Enfin, je compte sur vous pour Cannes, que tout soit impeccable.

Assiette à la main, les cousins de Françoise se levèrent, appâtés par le plateau de fromages du buffet.

— Je vous taquine, Mathilde. Respirez, dit-elle pour garder la main. Tout porte à croire que nous sommes amenées à nous revoir.

— Je pense, ça ne dépend pas de moi.

— Vous verrez, les parents d'Eugène se montreront un peu méfiants au début. C'est normal, vous n'êtes pas la première. Et, pour Noël, ne vous formalisez pas, je préfère que vous soyez au courant, c'est moi qu'ils invitent... Vous comprenez, la priorité, c'est l'équilibre des enfants...

— Bien sûr, fis-je en hochant la tête pour la laisser définitivement marquer le point.

— Je suis persuadée que vous finirez par vous faire accepter par les enfants. Enfin, si vous y mettez du vôtre... Bon, je vais préparer le dessert, dit-elle sur un ton de chef scout. Tu viens m'aider, Christine ?

— Vous voulez un coup de main ? proposai-je sans élan.

— Non, finissez tranquille. Je vais demander à Eugène, il connaît la maison. Mais il est où, d'ailleurs ?

— Avec Vincent, j'imagine, avançai-je avec prudence.

— Ah ! Les voilà. Dis donc, mon fils, tu as fait quoi hier pour avoir cette tête de déterré ?

— Je suis sorti avec Mathilde, répondit Vincent.

J'avalai mon poulet de travers. Françoise empilait les assiettes, secondée par Christine. Voyant que sa mère ne l'écoutait pas, il décida d'enfoncer le clou.

— On est allés dans une soirée, les copains de Mathilde m'ont fait boire des cocktails, je n'avais pas dîné alors du coup, j'ai été malade. Tellement mal qu'ils ont fait venir S.O.S. Médecins, c'est papa qui a dû venir me chercher...

Françoise s'arrêta net. Deux couteaux tombèrent de sa pile d'assiettes. Il y eut comme un appel d'air. Je déglutis le dernier morceau de poulet que je venais d'enfourner.

— C'est quoi, ces conneries ? explosa Françoise.

Elle me lança un regard meurtrier. Tétanisée devant mon assiette, j'écarquillai d'abord les yeux pour lui signifier mon interrogation. J'attendais la suite, mes paupières se mirent à cligner mécaniquement sous l'effet de la panique.

— Je crois que ton fils te fait marcher, improvisa Eugène. On a dîné dans un restaurant italien et le *vitello tonnato* qu'a commandé Vincent n'était pas frais. Il a été malade.

— Quel restaurant ? voulut vérifier Françoise.

— Monteverdi, répondit Eugène.

Je venais de dire Casa Bella.

— Il faudrait accorder vos violons ! trancha Françoise avant de disparaître vers la cuisine.

Assis en biais sur sa chaise, une canette de Coca à la main, Vincent inclina le visage et me regarda par en dessous. Il affichait un sourire satisfait, ravi de son effet. Il me fit un clin d'œil en se passant le pouce sous le cou. J'avais encore les épaules dans les oreilles, je sifflai mon verre de vin, mes mains tremblaient.

Chloé fut appelée pour souffler sur son saint-honoré. Le déballage des cadeaux fit diversion. Sa mère lui offrit un appareil photo numérique, Eugène un week-end d'initiation à l'Accrobranche®. Chloé, les pupilles en cœur, s'empara du paquet Zadig & Voltaire, et croisa le regard de sa grand-mère. Elle reposa mon cadeau, saisit l'enveloppe de ses grands-parents, visa le montant du chèque et les embrassa. Elle poursuivit le déballage en veillant à ce que mon cadeau fût le dernier. Elle arracha le paquet, sortit le tee-shirt rouge avec des ailes d'ange dans le dos. Sa mère s'empressa de lui tendre une part de saint-honoré. Vincent faisait la gueule à l'opposé du salon. Nous partîmes peu de temps après le café.

— Tu vois, diagnostiqua Eugène en démarrant, ça s'est très bien passé.

— J'ai eu très peur que Françoise ne croie Vincent.

— Tu veux savoir la vérité ? dit-il en embrayant.

— Je préférerais.

— Tu ne risquais pas grand-chose, j'ai promis à Vincent un lecteur MP3 en échange de son silence. Je dois reconnaître que mon fils est assez joueur.

— Remarque, moi aussi je pouvais le balancer. Vincent a pris en photo toutes mes petites culottes, les soutifs et la guêpière de pute que tu m'as fait acheter pour les envoyer à ses potes. Je te laisse imaginer les commentaires sur Facebook.

— Quoi ? blêmit Eugène. Il n'a pas fait ça ?

— Si.

— Mais comment ?

— Tu te souviens qu'hier il est venu chez moi. Enfin, peu importe. Tu aurais dû me parler, t'aurais économisé un MP3. Ce serait bien que tu arrêtes de me mettre au même niveau que tes enfants. Ce n'est pas parce que je n'en ai pas qu'il faut me prendre pour une gamine. Tu sais, si tu veux que l'on vive ensemble, ça se passerait beaucoup mieux avec Vincent et Chloé s'ils me considéraient comme une adulte. Au fait, quand est-ce qu'il est libre, l'appartement ?

— Dans un mois, le temps qu'ils refassent les peintures. Tu ne veux pas aller au resto ce soir ? J'ai rien bouffé, je déteste le poulet en gelée et le saint-honoré n'était pas terrible.
— Tu veux dîner où ? Chez Casa Bella ou au Monteverdi ?

Eugène m'invita au Monteverdi.

Chapitre 15

Eugène me déposa au bureau avant de décoller pour Munich. Il coupa le son de son autoradio pour me dire qu'il avait réfléchi pendant la nuit. Je me méfiais de ce genre de phrases, je fixai la route en attendant qu'il développe.

Il m'avait entendue, je devais lui accorder le bénéfice du doute. Désormais, il ferait en sorte que ses enfants me considèrent comme une adulte. Je pouvais même jouer un rôle positif dans la vie de ses gosses, il se devait de m'aider à me faire une place, tisser les liens prendrait du temps.

Je l'écoutai me répéter qu'il avait confiance, je commençais à renouer avec l'optimisme, nous étions arrivés devant l'agence, j'essayai de deviner la suite. Il me demanda de réserver quatre billets de TGV pour le pont de l'Ascension.

Voyage compris, je calculai que ça faisait cinq jours et quatre nuits. Je sentais les battements de mon cœur s'accorder avec le clignotement des warnings.

Il me vit accuser le coup, m'expliqua que ça me ferait le plus grand bien de changer d'air, j'avais mauvaise mine, si l'on arrivait à décaniller dès le mercredi pour Nîmes, ce serait comme des petites vacances. J'avais envie de lui demander pour qui.

Je rangeai la carte SNCF dans mon portefeuille, il m'embrassa, je regagnai l'agence, il avait décidé seul de ce week-end, du rang de gamine, j'accédais à celui de subalterne : je venais de monter en grade.

Philippe arriva en sifflotant, passa une tête dans le bureau et me lança un sachet de madeleines.

— Mollo, c'est pur beurre. Pense à ta robe de bal, dans une semaine, t'es sur la Croisette. Je vais chercher les cafés.

— Tu veux de la monnaie ?

— Non, j'en ai. Je vais même pouvoir en offrir un à Vanessa. Je ne l'ai pas reconnue ce matin. T'as vu sa tronche ? Avec ses mèches et sa raie au milieu, on dirait un lévrier afghan.

— T'es méchant.

— Mets-toi sur répondeur, il faut que je te parle.

J'appelai la SNCF. Musique d'attente, détails du parcours, recherche des places disponibles, verdict.

— C'est complet le mercredi, répondit Noël de la SNCF. Vous voulez que je regarde un départ pour le lendemain ?

— Oui, merci.

Je grattais un jour et une nuit, le vendeur se serait trouvé en face de moi, je l'embrassais.

— Il y a une liste d'attente sur le 10 h 20, reprit-il. Ou, sinon, voilà ! J'ai quatre places, mais c'est en duo, pour un départ le 25 à 13 h 20 avec retour le dimanche, toujours au départ de Nîmes, à 15 h 54. Vous avez un abonnement ?

— Non.

— La carte Grand Voyageur ?

— Non plus.

— Vous avez plus de vingt-cinq ans, moins de cinquante-neuf ?

— Oui, enfin, non. Sur les quatre, il y en a deux de moins de dix-huit ans.

— Vous avez la carte Enfant Plus ?

— Non.

— C'est dommage. Avec un enfant de moins de douze ans, ça vous donne une réduction pour l'ensemble de la famille.

J'hésitai à lui dire qu'on n'était pas une famille, je le laissai poursuivre.

— Ça vous intéresse, la carte Enfant Plus ?

— Je ne sais pas trop.

— Elle coûte soixante euros. Vous l'amortissez déjà sur votre trajet. Attendez, je calcule. Ça vous ferait 297,50 € au lieu de 388, 50 €. Ça vaut le coup.

Quand il m'annonça le montant total, je refusai de régler. Mon compte était débiteur, je notai les références du dossier sur un bout de papier, il précisa que la réservation s'annulait automatiquement dans une semaine. J'envoyai un texto à Eugène pour lui communiquer le numéro du dossier et lui conseiller d'acheter la carte Enfant Plus.

Philippe revint une tasse dans chaque main, referma la porte d'un coup de pied, je raccrochai. Il me questionna sur le lendemain de cuite de Vincent, je lui fis une revue de détail du week-end.

— Tu sais ce qu'il pense, Gilbert, à propos du poussin ?

— Non, quoi ?

— Il est persuadé qu'il est de l'immeuble.

— Vincent ? Homo ? Non mais il a lâché la rampe, Gilbert !

— Je ne suis pas toujours d'accord avec ses considérations de ménagère, mais il a du flair.

— Je te rappelle que Vincent a pris en photo tous mes dessous et pas les plus classe. Je ne suis pas sûre que tu aurais eu ce genre de réflexes.

— L'un n'empêche pas l'autre, ma chérie. Si j'avais voulu te faire passer pour une pute auprès de mes copains, je ne m'y serais pas pris autrement.

Il m'expliqua qu'il s'inquiétait à mon sujet et qu'il avait demandé à son psy un éclairage sur la famille recomposée. Je l'écoutais en tapant dans le paquet de madeleines. D'après ce que Philippe avait compris, la nouvelle vie amoureuse des parents pouvait être ressentie comme très intrusive pour un adolescent. Il me parlait de processus œdipien déstabilisé, de rivalité exacerbée envers le parent amoureux.

— Écoute-moi au lieu de bouffer des madeleines. J'espère qu'elle est en stretch, ta robe de gala.

— J'ai un smoking.

— On va être mignons sur la Croisette en Laurel et Hardy. Donc, j'en étais où ? fit-il en fronçant les sourcils. Oui… J'ai calculé qu'il y avait presque la même différence d'âge entre toi, Eugène et son fils.

— À un an près. Et alors ?

— Vincent est en rivalité avec son père. Comme il ne peut pas t'avoir, il te déteste et il va chercher à se démarquer. D'où son attirance pour les gays.

— N'importe quoi.

— Je peux te dire que le petit ange ne sait pas trop de quel côté pencher, j'étais pareil à son âge. Je l'ai bien observé samedi. Il battait des cils quand Scott a commencé à le reluquer. Et Scott, il est comme Gilbert, il sait les flairer, les garçons.

— Je ne suis pas sûre que ta théorie trouve preneur aux Presses Universitaires de France. De toute façon, je vais avoir l'occasion de suivre le dossier. Eugène a loué un appart à Paris. Il veut qu'on emménage ensemble.

— Ça y est, t'es cuite !

— Pourquoi tu dis ça ? C'est génial. Je suis vachement contente.

— Je ne vois pas vraiment où est le génie dans l'histoire, mais je serais toi, je surveillerais mes arrières. Garde ton pigeonnier. Ça te fera un point de chute si jamais ça tourne mal.

— Ce que tu peux être rabat-joie, on dirait ma mère.

— Tu veux que je te rappelle ce que ça a donné quand je me suis installé avec Pierre et ses deux mollusques ? Quand ils m'ont bousillé mon canapé neuf en faisant une *pasta party* avec leurs copains. Trois mois de salaire claqués chez Cassina.

— Ils étaient vachement durs, les mômes de Pierre et puis t'es hyper maniaque.

— Tu peux parler… Explique-moi ce que tu feras à la moindre contrariété. Parce que je te connais. Tu claqueras la porte, sortie théâtrale, tu feras le tour du pâté de maisons, et après ? Non, il faut que tu gardes une issue de secours. J'aimerais bien savoir dans quel quartier tu vas habiter.

— Rue Michel-Ange.

— Je m'en doutais. C'est juste à côté du périphérique, c'est pratique. Comme ça, ton Eugène pourra atteler le carrosse pour aller chercher les gosses le vendredi pendant que tu te taperas les courses. Et quand il les ramènera le dimanche soir, tu peux me dire qui se cognera de tout ranger ? Réfléchis, Mathilde, tu ne sais pas dans quoi tu t'embarques. Garde ton appartement. En attendant, tu as avancé sur le dossier Cannes ?

— Pas totalement.

— Je te préviens, après le déjeuner, on fait un point. Parce que la Françoise, t'as intérêt à la soigner. Si tu te loupes, elle ne te ratera pas. J'ai un rendez-vous, je te laisse.

— Tu vas où ?

— J'accompagne Ève chez BMW. Ça te parle ? La convention à Megève, tu te souviens ? Tu m'épuises avec tes Boissot. Allez, j'y vais.

J'ouvrais le dossier Cannes quand Tatiana déboula à l'entrée de mon bureau. C'était la nouvelle assistante stagiaire de la secrétaire de Gabriel, fatiguée d'être trop belle, persuadée qu'elle n'avait qu'un coup de fil à passer pour faire mannequin chez Élite Model.

— Gabriel veut te voir, roucoula-t-elle en faisant pianoter ses ongles rouge vif contre la porte.

— Je ne peux pas bouger, j'attends un coup de téléphone.

Elle s'adossa contre la paroi en verre, ajusta du pouce sa tourmaline de fiançailles dont elle avait fait grand cas à la machine à café, sous l'œil dépité de

Brigitte, la comptable qui ramait pour trouver l'âme sœur sur Meetic.

— Je dis quoi à Gabriel ?

— Tu lui dis que je suis en ligne, rétorquai-je sans bouger de ma chaise.

Elle pivota sur ses douze centimètres de talons et regagna son poste en ondulant comme un boa.

Cinq minutes après, l'extension téléphonique de Felon s'afficha sur mon poste.

— Rocheron, faut vous envoyer un bristol ?

— Le temps que Miss Monde trouve comment on enclenche l'imprimante, je ne suis pas près de le recevoir.

— On est sympa avec Tatiana, d'accord ? C'est la fée Clochette du patron d'Heineken. Vu ce qu'on leur pompe en honoraires, ce serait bien d'y mettre les formes !

— Vous êtes en train de m'expliquer que si elle se pète un ongle en faisant une photocopie, on perd le budget, c'est ça ?

— Votre clairvoyance m'épate. Rappliquez, faut que je vous parle.

Il avait sa tête des mauvais jours. En m'asseyant devant son bureau, je supposai qu'il allait attaquer sur le coup de fil que Françoise avait dû lui passer. J'attendais la mise au point, les bras croisés, concentrée sur les spirales de mon carnet.

— Pas la peine de prendre des notes, ce que j'ai à vous dire est confidentiel.

— Je vous écoute, fis-je, les yeux rivés au plafonnier.

— Vous connaissez la devise de l'Olympique de Marseille ?

— Droit au but.

— C'est beau, la culture. Voilà, je me suis fait lourder.

— Mais vous êtes majoritaire dans la boîte.

— Par ma femme, pomme à l'eau ! Sylvène m'a dégagé.

— Pourquoi ?

— Ben… j'ai déconné, fit-il en se grattant l'oreille.

— Vous avez quelqu'un ?

— Non. Pas exactement.

— Alors quoi ?

— Elle a fouillé dans mon portable et elle est tombée sur les textos que je vous ai envoyés.

Il se leva et referma la porte de son aquarium. J'encaissai la nouvelle en triturant les spirales de mon cahier.

— Mais les rendez-vous, ça peut s'expliquer. On bosse ensemble, tentai-je sans trop y croire.

— C'est ce que j'ai fait, merci, je ne suis pas que con. Mais elle a attaqué en deux temps. Quand elle m'a demandé de lui expliquer dans quelle partie de nos recommandations clients on casait : « je te baise », « j'ai envie de toi », « mes mains sur tes seins », j'avoue que j'ai eu un coup de moins bon.

— Vous ne m'avez jamais tutoyée que par écrit. C'est étonnant, je trouve…

— Je ne vous ai pas appelée pour me faire un commentaire de texte.

— Mais bordel ! explosai-je, je vous ai dit cent fois d'effacer vos textos.

— Moins fort, merde ! Pas la peine de rameuter tout le bureau.

Il se releva, écarta les lamelles de ses stores pour s'assurer que Tatiana avait filé à son cours de yoga Bikram.

— Ce n'est pas possible, vous l'avez fait exprès. Je vous ai montré la manipulation. Même pour effacer le journal des appels émis et reçus. C'est pas sorcier.

— J'y pige rien, à ce putain de téléphone. Je pensais qu'en effaçant les messages reçus ça annulait le reste.

— Qu'est-ce que vous lui avez dit, à votre femme ?

— Que vous écriviez un roman et que je vous aidais pour les répliques.

— Je parie qu'elle vous a demandé si je visais le Goncourt.

— Elle m'a simplement dit qu'elle était très impatiente de vous lire mais qu'en attendant la rentrée littéraire je pouvais faire ma valise et me tirer. Qu'est-ce que vous avez à vous marrer ? Je ne vois pas bien ce qu'il y a de drôle.

— Excusez-moi, je ne peux pas m'en empêcher, c'est nerveux.

— Vous ne voyez pas que je suis dans la merde !

Sylvène voulait qu'il annonce lui-même son départ aux enfants. Il était tétanisé. Je voulus le rassurer, le persuader que c'était rattrapable, que ces textos étaient périmés.

— Excusez du peu, mais six mois, il n'y a pas vraiment prescription.

— Dans ce cas, passez aux aveux.

— La tête sur le billot, jamais. Faut toujours nier. En plus, Sylvène menace de tout dire à son père. Il a des billes dans la boîte, si elle met ses menaces à exécution, je suis marron.

— Vous allez emménager à l'hôtel ?

— Non, je squatte chez un ami. Mais sa copine débarque à la fin de la semaine et…

— Vous devriez descendre ce week-end à Cannes.

— Ça ne vous ennuie pas ?

— Au contraire.

— Le problème, mon bonhomme, c'est après. Je ne voudrais pas ébruiter l'affaire auprès des amis. Vous comprenez, si ça revient aux oreilles des gosses, pour moi ce serait la catastrophe. Vous ne voudriez pas me sous-louer votre appartement ?

— Et puis quoi encore ?

— Rocheron, je vous demande un service. C'est pas la mort ! Vous n'y habitez quasiment plus, ça vous sert de dressing, c'est même vous qui me l'avez expliqué. En plus, ça vous fera une gratte, c'est du net net. Combien vous le payez, votre loyer ?

— Mille trois cent soixante-quinze.

— Quand même…

— Si c'est trop cher, demandez à Brigitte. Elle habite un trois-pièces avec son chat à Bois-Colombes.

— C'est bon, je vous les donnerai, vos mille trois cent soixante-quinze.

— Et pour le roman, vous direz quoi à Sylvène ?

— Que les éditeurs n'en ont pas voulu.

— Je vous remercie de me faire passer pour une brêle.

— Excusez-moi, mais quand on vous relit, on n'a pas l'impression d'avoir affaire au prochain prix Femina.

— Gabriel, je serais vous, euh…

— Réfléchissez, Rocheron. Grâce à moi, vous pourrez enfin inviter votre jules à Venise. C'est plutôt sympa comme perspective.

— Je vous préviens, chez moi, vous allez vous faire chier, j'ai un micro-ondes mais pas de téléviseur. Vous êtes mal barré pour suivre la fin du championnat.

— Je déménagerai celui de mon bureau, dit-il pour balayer mon argument.

Il essayait de faire l'optimiste, d'adopter le ton du vendeur à deux doigts d'accorder une ristourne. Voyant que je ne bougeais pas, il se leva, glissa son téléphone dans sa poche, s'apprêtant à partir :

— Je suis désolé, mais j'ai un déjeuner avec le directeur de la communication interne de chez Sofinco, il faut que j'y aille. Je peux compter sur vous, mon bonhomme ?

— On en reparle, Gabriel. Bon déjeuner.

Il partit sans se retourner, les épaules basses, les mains au fond des poches, sans dévier son regard de la moquette de l'entrée.

Chapitre 16

L'esprit ballant, je triturais un trombone en songeant aux quatre jours et trois nuits à venir dans un mazet décoré par une autre avec les enfants d'une autre. Mon téléphone vibra, c'était Eugène, je décrochai avec la tête d'un Christ à la première station de son chemin de croix.

— J'avais envie de t'entendre, me dit-il. Si tu savais comme c'est lourdingue l'ambiance chez les bouffeurs de bretzels…

— Fallait bosser chez Fiat, mon ange.

— Écoute, je suis entre deux réunions, je n'ai pas beaucoup de temps. Je voulais te dire que j'ai eu Chloé au téléphone et elle m'a demandé si elle pouvait descendre au mazet avec Louise.

Ma main lâcha le trombone. J'ôtai par réflexe les pieds de mon bureau.

— Allô ? Mathilde ? Allô ?...

— Oui, oui, je suis là, m'efforçai-je de répondre d'une voix calme.

— Ça ne t'ennuie pas, ma belle, que Louise passe le week-end avec nous ? Elle est mignonne, cette gamine, je l'aime bien, je voulais savoir si tu pouvais lui réserver une place.

— Écoute, c'est parfait. Je vais rappeler la SNCF et Louise prendra ma place.

Il y eut un blanc à l'autre bout du fil, je crayonnais des flèches en forme d'éclairs sur un post-it en attendant la réplique.

— Qu'est-ce que tu comptes faire ?

— Stéphanie organise un week-end à l'île de Ré avec la bande, j'y vais.

— Mathilde, s'il te plaît… Je suis entre deux réunions, c'est archi tendu, en plus ce bâtard de Ludwig nous a retoqué la campagne publicitaire, le plan médias démarre dans deux semaines, on n'a rien sur le feu, on est en chaussettes.

— Je ne vois pas le rapport. Tu as décidé tout seul, en père célibataire. Conclusion, tu pars avec tes enfants et la petite copine, seul.

— Bon, excuse-moi, j'ai merdé. C'est vrai, j'aurais dû t'en parler. Ne me laisse pas, Mathilde. C'est vachement important pour moi que tu sois là.

— J'imagine… Faire le plein de bouffe, les lits, les repas, desservir, ranger, trouver de quoi distraire les enfants, c'est pas drôle tout seul.

— Je ne peux pas te laisser dire ça. J'ai prévenu la femme de ménage. Mathilde, s'il te plaît… T'es la femme de ma vie. Je ne peux pas me passer de toi.

Évidemment, Stéphanie n'organisait pas de week-end. D'ailleurs, je n'avais pas très envie de revoir la bande. La dernière fois que nous nous étions tous retrouvés pour dîner chez Tom, Eugène m'avait accompagnée. Il n'avait pas fait l'unanimité.

Pour eux, mon vendeur de bagnoles n'était qu'une erreur de casting. Un antidote pour m'économiser les visites chez le psy, un coup de mou passager. Je reviendrais de cet écart, de ce banlieusard qui trimballait son divorce en 4 × 4 et j'en ricanerais plus tard, en enjolivant mes déboires de marâtre pour faire marrer la galerie.

Ils attendaient que je retrouve ma nature dans les bras d'un de mes semblables. Un créatif dans la pub, un faiseur d'émissions à la télé.

J'allais ramer pour imposer Eugène. Et je m'entêtais à consolider les bases de notre histoire. Je donnais le change comme les filles se contorsionnent pour rentrer dans un jean neuf en se disant qu'après plusieurs lavages la toile finira par se détendre.

Eugène venait de me dire que j'étais la femme de sa vie, je déposai les armes et rappelai la SNCF. Je réservai un départ avancé au mercredi en début d'après-midi, trouvai quatre places dans la même voiture, la cinquième, satellisée, en solo.

Avec la carte Enfant Plus, le montant débité sur mon compte dépassait celui de mes nouveaux escarpins. Je constatai simplement que l'euphorie de l'achat n'était pas tout à fait la même pour les billets.

Philippe revint de son rendez-vous avec un sac siglé BMW à la main. Il entreprit l'inventaire, distribua dans l'agence casquettes, porte-clés, peluches, voitures miniatures et me tendit une gourde isotherme en me disant : « Tiens, pour ton voyage avec les gosses dans le train. »

Sa bonne humeur tourna court lorsque je lui appris qu'il arpenterait la Croisette avec Gabriel. Pour lui rendre le sourire, je lui demandai de fermer la porte et entamai les confidences. Imaginer Gabriel emménager dans mon pigeonnier, avec ses slips lie-de-vin et des Bolino le fit glousser.

Il me conseilla de taire la sous-location de mon appartement à Eugène, de taper dans le crédit des omissions. Je lui promis de garder le silence et le double des clés.

À son retour de Cannes, Philippe me raconta que Gabriel avait rentabilisé la location de son smoking en inondant la Croisette de cartes de visite. Françoise, figée dans sa robe Valentino, s'était montrée d'une extrême amabilité sauf envers le mannequin qui décorait le bras de son patron.

Il fallut une semaine pour que Philippe cesse de pleurnicher ses amours de tapis rouge. Il vérifiait ses mails toutes les heures, persuadé qu'un certain Gary, soi-disant producteur, tiendrait ses promesses en l'invitant à Los Angeles couler des jours heureux. Je ne lui fus d'aucun réconfort, le pont de l'Ascension se profilait, chacun ses angoisses.

La pharmacienne du Drugstore me recommanda un spray à base d'essences de fleurs de Bach. D'après la notice, la chose semblait efficace pour rebondir avec sang-froid, juguler ses émotions en cas de stress. Je fis une razzia sur le présentoir. J'entamai le traitement en sortant de la pharmacie et doublai les doses au moment de retrouver Eugène, les enfants et les sacs devant la machine à composter les billets.

J'arrivai un quart d'heure avant le départ du train. Chloé avait tout régenté, elle voyagerait avec sa copine, Vincent avec son père. Les enfants filèrent s'asseoir. Eugène suivait derrière, les sacs empilés en bandoulière, je fermais la marche, ma valise roulait à mes pieds. J'étais dopée aux fleurs de Bach, j'avais la compassion absente et les épaules décontractées.

Eugène avançait les genoux pliés, le visage tordu de l'haltérophile à l'épreuve des deux cents kilos jetés. Il hissa les paquetages dans le wagon, il était en nage, le lumbago lui pendait au nez, son côté mater dolorosa m'agaçait.

Je filai dans son dos m'installer à ma place. Je sortis mon roman, je n'étais là pour personne, je jouais les filles non accompagnées.

Pendant le trajet, Chloé traîna son sac jusqu'à sa place, elle déballa ses nouveaux bracelets, ses tubes de gloss et son nouveau mascara.

Une fois que nous fûmes arrivés à Nîmes, Eugène déchargea les bagages, les filles descendirent du train en gloussant, Vincent suivait le mouvement tout en envoyant des textos.

Chloé demanda à son père où était son sac, point d'interrogation dans les pupilles d'Eugène, coup de sifflet, claquement des portières, au revoir les bracelets, psychodrame sur le quai.

Le père s'énerva contre sa fille. Le frère savourait l'engueulade, la copine ne bronchait pas. J'étudiai la scène. Si je récupérais le sac, je gagnais la reconnaissance du père, je marquais des points auprès de Chloé, le week-end se passerait bien. N'écoutant que mon ego, je courus taper sur l'épaule de l'agent qui venait de siffler le départ du TGV.

Je lui expliquai le scénario, j'accentuai le pathos. Son sourire d'animateur de croisières pour célibataires s'éclipsa, il consulta sa montre, ôta sa casquette, la glissa sous le bras, se gratta la tête. Il devait d'abord donner le départ du TER pour Marseille, ensuite il prendrait les choses en main.

— Faut que je téléphone aux contrôleurs. Si ça capte, ils mettront le sac de côté. Ils le donneront à un collègue qui repart sur Paris.

— D'accord, et si vous n'arrivez pas à joindre le contrôleur…

— Votre sac file à Perpignan. Et là…

Il ne finit pas sa phrase, se contenta de gonfler les joues.

— Comment je fais pour savoir si le sac repart dans l'autre sens ?

— Vous attendez que je les appelle ou vous me laissez votre numéro de téléphone. De toute façon, il faudra revenir aux objets trouvés. C'est compliqué encore cette affaire, maintenant qu'ils ont à moitié privatisé le service, il y a des nouveaux horaires. Et demain, c'est férié, ça risque d'être fermé.

Je le remerciai, il hocha la tête, revissa sa casquette. Je lui indiquai le numéro de place de Chloé, la description du sac et lui notai mes coordonnées sur mon billet.

Eugène et les enfants m'attendaient devant la gare, le compteur du taxi tournait. S'ensuivirent vingt kilomètres de départementales et de théories footballistiques émises par Luis Fernandez au micro de RMC.

À peine arrivés au mazet, Chloé et Vincent se disputèrent la console de jeux raccordée à la télé, Louise demanda à téléphoner à ses parents, les lits n'étaient pas faits.

Eugène passa la demi-heure suivante à retourner la maison, persuadé d'avoir laissé la vignette d'assurance avec les clés de la vieille Polo dans le tiroir de droite du secrétaire.

Papier et crayon à la main, il nota les desiderata des enfants, ils préféraient rester devant la télé, je me portai volontaire pour accompagner Eugène chez Leclerc. Sur le chemin du retour, je lui proposai d'aller boire un verre avant de rentrer. Il me répondit que c'était impossible à cause des surgelés. Il était tard, il y avait le dîner à préparer, il était rincé.

— Elle t'a planté, la femme de ménage…

— Elle m'a laissé un message, elle a perdu sa belle-sœur. Sa fille l'a remplacée mais elle n'a pas trouvé le placard où sont rangés les draps, je n'ai pas tout compris.

— Ben, moi je comprends qu'en plus du dîner il va falloir se fader les lits.

— Ne t'inquiète pas, ce sera vite fait.

Nous venions d'arriver au mazet. Les enfants n'avaient pas bougé de leur poste de tir, ils avaient poussé la table basse, avancé le canapé à un mètre de la télé et terminé d'émietter les provisions de gâteaux que leur père leur avait achetées avant de monter dans le train.

— Ce serait gentil si vous nous donniez un petit coup de main pour décharger le coffre, leur demandai-je, un pack d'eau minérale dans chaque main.

Ma question ne trouva aucun écho, je la réitérai en retournant vers la Polo, j'ajoutai s'il vous plaît.

— Attends, je suis en train de battre mon dernier record et de piler les filles, répondit Vincent sans détourner les yeux de sa partie.

Eugène discutait par-dessus le portail de l'état de son saule pleureur avec le propriétaire des pépinières Cochet, son voisin.

Je faisais des allers-retours, les doigts sciés par les sacs. Je reposais inlassablement la question aux enfants en inversant le sens des mots à chacun de mes passages dans le salon. Ils restaient comme des veaux devant l'écran. Ma quatrième demande ne comportait plus aucune formule de politesse. L'effet apaisant des fleurs de Bach s'était totalement dissipé.

Alors que je casais comme je pouvais les vingt litres de boissons dans l'arrière-cuisine, mon regard se posa sur le compteur électrique. Les petits autocollants décodaient avec une grande précision les alignements de plombs, je fis sauter ceux du salon et regagnai la voiture sans prêter la moindre attention à l'incompréhension générale qui se manifestait devant le téléviseur.

Dehors, Eugène venait de régler le sort de son saule pleureur sur les conseils de Michel Cochet. Je m'apprêtais à faire une pause syndicale quand Vincent sortit dans le jardin.

— Papa ! Papa ! Il n'y a plus d'électricité.

— Ce doit être les plombs qui ont sauté, répondit Eugène, toujours collé au portail avec M. Cochet.

Vincent rentra dans la maison. Le boomerang n'allait pas tarder à revenir, je me rapprochai de la voiture, j'attendais, prête à plonger la tête dans le coffre pour faire mine d'attraper les derniers sacs. Vincent ressortit comme une furie.

— C'est dégueulasse, ce que tu viens de faire, Mathilde ! hurla-t-il en coupant le sifflet aux cigales.

Je m'affairai, j'ignorai la salve.

— Qu'est-ce qui se passe ? intervint Eugène qui regagnait la voiture.

— Elle a niqué notre partie en coupant l'électricité du salon alors qu'on lui avait promis de l'aider à décharger la voiture, s'empressa de répondre Vincent en se composant une tête de martyr.

— Mathilde, tu n'as pas fait ça ?

Eugène me regardait comme si je venais d'écraser un poussin à coups de botte.

— Si, je l'ai fait.

— Mais t'es complètement folle, s'écria Eugène.

Satisfait de l'arbitrage, Vincent tourna les talons, rentra les mains vides dans la maison en proférant des menaces à voix basse. Je jetai les sacs aux pieds d'Eugène, il y eut un échange de regards polaires.

— Si tu crois que je vais passer quatre jours à faire la boniche, tu te trompes. Tes enfants sont depuis deux heures devant la télé, je leur ai demandé quatre fois de m'aider. Ce n'était jamais le moment. J'ai sévi, c'est tout.

— Mathilde, ce sont des enfants, laisse-les jouer. T'étais pareille à leur âge.

— Tu m'excuseras, mais moi, je n'ai pas été élevée comme ça, rétorquai-je, méprisante.

— C'est vrai, pardon, t'es parfaite. Mais il va falloir que tu descendes de ton piédestal et que tu piges un truc. Je ne les ai pas la semaine, je les éduque comme je peux et je ne peux pas faire la police dès que je les ai le week-end. Si tu t'obstines à être aussi intransigeante, les enfants ne voudront plus venir, alors s'il te plaît…

Il fit demi-tour et regagna la maison. Je claquai le coffre et restai dehors à macérer dans ma colère.

De retour dans le salon, les griffes rétractées, j'avançai vers le téléviseur en plaidant coupable, puis débitai mon acte de contrition. J'avais eu un travail de dingue ces dernières semaines, j'étais fatiguée, par conséquent désagréable, pardon, je m'en voulais. Vincent me jeta un regard noir, la partie avait repris, mes excuses s'écrasèrent sur le carrelage. Mon côté casseuse d'ambiance leur faisait paumer des vies. C'était net, j'agaçais.

Je partis rejoindre Eugène pour l'aider à faire les lits. Nous nous passâmes les premiers draps méthodiquement, comme deux femmes de chambre légèrement en froid.

Face à ses sourires mécaniques, une sorte de panique me saisit, je réitérai des excuses. Il tapota les oreillers, me reprocha mes réactions excessives et ajouta que cela ne servait à rien de parler, j'étais braquée.

Avant de redescendre à la cuisine, Eugène me prit dans ses bras, le débat était clos, je restai immobile contre lui, les yeux fermés.

Il déboucha un châteauneuf blanc, l'ambiance revint peu à peu et les sourires se décongelèrent grâce à une partie de Pictionary.

Plus tard dans la nuit, laissant Eugène à sa petite mort, je restai les yeux ouverts pour chasser mes doutes, je n'osais pas m'endormir sur l'évidence qui commençait à se dessiner. Je voulais rentrer à Paris.

Chapitre 17

C'était la fin du marché, les vendeurs remballaient en soldant les gariguettes.

Le boucher nous demanda de repasser dans une demi-heure. Assis à la terrasse d'un café, on attendait que le poulet rôtisse.

Je regardais Eugène lire *L'Équipe*, je venais de vider le ramequin de cacahuètes, je n'avais pas faim, c'était compulsif. Je pensais à la ratatouille en kit au fond du panier, aux haricots verts à équeuter, à la mâche à désensabler. Je me demandais comment éviter la corvée, j'avais envie d'un deuxième Ricard.

— Si on organisait un concours de cuisine ? lançai-je à Eugène.

— C'est drôle, cette manie de toujours vouloir organiser des concours, tu aurais dû faire éducatrice, tu as raté ta vocation, ironisa Eugène.

Il abaissa un coin de son journal et mima un baiser. Je lui souris, il reprit sa lecture, je retournai à mes calculs. Si Chloé faisait équipe avec Louise, Vincent et Eugène étant seuls aux fourneaux, je m'épargnais trois repas. Le concours porterait sur la mise en place de la table, le contenu des assiettes et la façon dont la cuisine serait rangée. Je commencerais le soir même, ce qui me permettrait de ne pas remettre les pieds dans la cuisine avant samedi soir.

Je proposai à Eugène d'aller chercher le poulet. Je fis un détour par la maison de la presse, je revins avec *Les Recettes du marché*, *On mange ce soir* et *Bonjour tristesse* en collection de poche.

— C'est pour quoi, tout ça ? demanda Eugène.

— Des livres de recettes pour le concours de cuisine.

— T'es mignonne, ma belle, mais tu vas encore au-devant des emmerdes ! Je ne suis pas persuadé que ça les motive et si on pouvait éviter les crises, franchement, ça m'arrangerait.

Je lui expliquai le principe du concours. Il m'écouta, sceptique, et m'indiqua avant la fin de mon exposé, d'un coup d'œil vers les paniers, qu'il était temps de rentrer. Je revins à la charge dans la voiture.

— On verra, me dit-il. Tu sais à partir de quelle heure on peut aller récupérer le sac de Chloé à la gare de Nîmes ?

— Quinze heures.

Ce qui m'intéressait, c'était le concours de cuisine, je ne lâchai pas le morceau.

— Je viens de te le dire, Mathilde, on verra, trancha-t-il en augmentant le volume de la radio.

Je ne dis plus rien jusqu'au mazet. Je savais que nous allions retrouver les enfants scotchés devant la télé, sous le soleil écrasant de l'halogène du salon.

Il y eut plusieurs rappels à l'ordre pour que les filles prennent leur douche et s'habillent. Affalé comme une otarie sur le canapé, Vincent vidait le stock de Cracottes, retranché derrière son *France Football*. Il attendait le coup de feu en cuisine pour se glisser dans son bain.

Je sortis sous la tonnelle pour équeuter les haricots. Philippe venait de me laisser un message. Il jouait à la pétanque en buvant du rosé avec Scott et Gilbert, ils s'étaient fait une virée hier à Saint-Tropez, il espérait que mon week-end se passait bien. La vie me semblait douce à Port-Grimaud. Plus j'y songeais, plus je laissais de fils aux haricots.

Nous avons attaqué le melon à l'heure où les Espagnols remballent les tapas. J'expliquai à la tablée le principe du concours de cuisine. L'idée ne souleva aucun enthousiasme, le téléphone sonna, ils furent sauvés par le gong.

Eugène évita mon regard, s'empressa d'aller décrocher, puis appela Chloé. Je venais de poser sur la table le poulet élevé au grain et les haricots bios.

— C'est Françoise, dit Eugène en revenant à table.

— Tu ne pouvais pas lui dire de rappeler ? soupirai-je tout en tendant les couverts de service à Vincent.

— Sers-toi, Vincent, et commence, ordonna le père à son fils.

Chloé passa une tête par la baie vitrée, appela son frère. Vincent comprit que l'ordre venait d'en haut, se leva et s'en alla d'un pas éreinté terminer le plat du jour avec sa mère. Eugène partit faire réchauffer l'assiette de Chloé.

Je restai seule avec Louise. Elle n'avait pas d'avis à formuler sur le dernier *Harry Potter*. Elle se tortillait sur sa chaise, une guêpe l'asticotait.

Louise abandonna sa position, elle lâcha ses couverts et regagna la cuisine en courant. Personne ne revint s'asseoir. J'encourageai mon flegme à coups de verres de rosé. Le poulet n'avait rien à me raconter, je léguai à la guêpe mon sot-l'y-laisse.

Eugène décolla vers quatre heures pour Nîmes avec les filles. Dans un élan de générosité, dû à la combinaison de Ricard et de rosé, je prêtai mon nouveau gilet blanc à Chloé. Son père craignait qu'elle ne prenne froid dans les courants d'air climatisé.

Vincent disparut dans sa chambre.

Je m'installai sur un transat, je lézardai au soleil, Sagan au bout des doigts, en piquant régulièrement du nez.

— Ça te dirait de te faire un petit pétard ? se risqua Vincent en avançant à contre-jour.

— Tu fumes, toi ? fis-je en relevant la tête, la main sur le front pour faire visière.

Je n'avais pas trop d'idées sur la façon dont je devais réagir, accepter ou décliner, la question me permettait de réfléchir. Il répondit qu'il fumait de temps en temps, qu'il n'était pas accro.

— Ton père est au courant ?

— Non. D'ailleurs, s'il l'apprend, je saurai que c'est toi qui m'as balancé. Alors, évite de me la faire à l'envers.

J'étais prévenue.

— Et puis toi aussi tu fumes, me fit-il remarquer. C'est Gilbert qui me l'a dit l'autre soir. Alors, on s'en fait un ?

Je venais d'accepter. Il repartit vers la maison, revint avec son matériel qu'il cachait scrupuleusement dans un étui à lunettes. J'allai chercher un deuxième transat que je dépliai lentement, en le regardant rouler, sa dextérité m'étonnait. Il s'assit en face de moi, me tendit le joint en disant « À toi l'honneur ». Je m'exécutai.

— Tiens, m'étranglai-je après la première bouffée en lui rendant son pétard.

— Non, vas-y, garde-le un peu, je fumerai après.

— Il est fort, ton truc.

— Pas plus que ça, j'ai fait léger.

Il tirait sur le joint comme on aspire un jus d'orange à la paille malgré la pulpe et les glaçons. Il avait le blanc de l'œil aussi nervuré qu'un calot Condor mais les gestes sûrs.

— Tu veux que je te fasse une soufflette ? dit-il en crânant.

Il considéra mon vague haussement d'épaule comme une invitation. J'eus un mouvement de recul quand il s'agenouilla devant moi. Il prit mon visage entre ses mains, me demanda d'ouvrir légèrement la bouche et m'explosa le cerveau en recrachant la fumée. Je retombai les bras en croix sur mon transat, les pupilles comme des feux de passage à niveau.

— Pas trop cassée ? me demanda-t-il en se redressant.

— Non, non, ça va.

Je mentais, j'étais caramélisée, incapable de citer les prénoms des rois de France.

— On va faire le jeu des paris, dit-il.

Je sentais qu'il n'allait pas tarder à me ridiculiser, je faisais des efforts inconsidérés pour desserrer les mâchoires.

— C'est quoi, le principe de ton jeu ?

— Ça consiste à se lancer des défis. Par exemple, je parie que t'es pas cap' de faire le tour de la piscine à cloche-pied sans tomber dans l'eau.

— Gagné.

J'avais les yeux mi-clos. Il venait de me prendre en photo avec son téléphone.

— Si tu ne remballes pas tout de suite ton portable, je te parie que je le balance dans la piscine.

— D'accord, j'arrête.

— Ça t'amuse de me faire passer pour une dinde auprès de tes copains ?

— Tu confirmes la règle. Les belles-mères sont complètement paranos. Le grand jeu d'un de mes potes, c'est de fixer la nouvelle nana de son père. Il ne dit rien, il la regarde. À chaque fois, elle baisse les yeux.

— Tu en as beaucoup, des potes qui fument des pétards avec leurs parents ou leur belle-mère ?

— Non, c'est pour ça que ça mérite une photo.

— Fais attention à ce que tu vas en faire. En attendant, je parie que t'es pas cap' de faire le tour des lavandes avec le vélo sans t'éclater dans les rosiers.

Vincent releva le défi, je pris la suite en enfourchant le VTT et notre petit jeu stoppa net quand nous vîmes le portail s'ouvrir sur la Polo.

Vincent s'éclipsa par la porte du garage. Eugène repéra tout de suite mon sourire niais et mes yeux de lapin albinos. Il laissa les filles regagner la maison, j'allais les suivre, il me rattrapa par la manche.

— Je peux savoir ce que vous foutiez tous les deux quand on est arrivés ?

— Rien, du vélo.

— Dans les plates-bandes ? souligna Eugène qui n'attendait pas de réponse. Mathilde, regarde-moi, tu as fumé ?

— Oui, avouai-je avec la conviction d'une mariée d'église.

— Je ne peux pas le croire. Devant Vincent ?

— Non. Avec Vincent, nuance ! répondis-je, l'index en l'air, en esquivant la gifle qu'Eugène s'apprêtait à écraser sur mon rictus débile.

Eugène venait de rater sa cible. Il se cogna la main contre un des petits poteaux de fer qui soutenaient la tonnelle, la stupeur le figea dans ses chaussures bateau. Il pivota sur lui-même, scié en deux par la douleur, il se tenait l'auriculaire, le visage blême.

— Hé ! Ça va ? lui demandai-je en pinçant les lèvres.

— Non, ça va pas, fit-il en grimaçant.

— Ça t'apprendra à lever la main sur moi. C'est ton fils qui m'a proposé un pétard.

— Tu vas arrêter de te foutre de ma gueule ! explosa-t-il.

— Au lieu de hurler, tu devrais mettre ton petit doigt dans la glace. Et au passage, vérifie dans la chambre de Vincent, il planque son matos dans un étui à lunettes. Ça ne devrait pas être compliqué à retrouver.

Nous étions face à face sur la terrasse. Chloé nous observait derrière les voilages de la cuisine.

— Tu es complément inconsciente d'avoir accepté de fumer avec lui. Inconsciente et débile.

— Peut-être. Mais j'ai pensé que ça arrangerait les choses, on ne se parle pas, on ne partage rien, je ne sais jamais ce qu'il pense, ça me rend dingue. Alors, oui, j'ai accepté.

— Tu n'as pas à te comporter avec lui comme si tu étais une copine.

— Tu as raison, je ne suis pas une copine. Ni une mère, ni une sœur, peut-être rien.

— Je vais parler à Vincent.

— Tu ferais mieux de t'occuper de ton doigt. C'est moi qui vais lui parler.

Je frappai à sa porte. Pas de réponse. Chloé venait de rejoindre son père dans la cuisine.

— Pourquoi tu t'es disputé avec Mathilde ? Elle a fait quelque chose de mal ?

— C'est une histoire d'adultes, ma princesse. Tout va bien.

— Si elle est méchante avec toi, nous on lui parle plus avec Louise.

— Mais non, ma chérie, tout va bien. On s'est expliqué, c'est juste une petite dispute.

— Tu as mal à ton doigt ?

— Oui, je me suis cogné.

— Tu veux que je te soigne ?

— Merci, ma chérie, ne t'inquiète pas, ça va aller.

Le silence retomba. Vincent s'était décidé à déverrouiller la porte, j'entrai. Il se recoucha sur son lit, un oreiller entre les bras.

— Vincent, il y a un problème.

— Je sais. Je t'ai entendue, tu m'as balancé, fit-il, le visage tourné vers la fenêtre.

— Ton père va venir. Je voulais te prévenir.

— Dégage.

— Une dernière chose. Je ne pense pas que ce soit très malin d'afficher nos exploits sur ton Facebook.

— C'est déjà fait. Je ne t'ai pas ratée.

— Ta mère non plus ne va pas te louper. Je sais qu'elle te surveille sous un pseudo. À toi de voir…

Je sortis de sa chambre en refermant doucement la porte et traversai le salon sous l'œil réprobateur de Chloé.

— Ça va, Chloé ? attaquai-je d'une voix de miel, le sourire tiré jusqu'aux oreilles. T'as récupéré ton sac ? T'es contente ?

Je venais cueillir des remerciements, elle détourna la tête.

— Dis-moi, je cherche mon gilet, tu ne sais pas où il est, par hasard ?

— Dans la voiture.

— Tu voudras bien me le rapporter, s'il te plaît ?

— T'as qu'à aller le chercher.

— Je te l'ai prêté, c'est à toi de me le rapporter. Maintenant tu vas me faire le plaisir de te bouger et d'aller le récupérer.

— T'as rien à me dire, t'es pas ma mère.

Je contournai l'écran, m'approchai dangereusement de la prise et saisis le fil par mesure de représailles.

— Papa ! Papa ! Papa ! hurla-t-elle, la panique dans la voix, Mathilde nous embête.

— Qu'est-ce qu'il y a, encore ? rugit Eugène en déboulant de la cuisine, un sachet de glaçons autour du doigt.

— Elle veut débrancher la console, c'est méchant, on n'a rien fait, miaula la petite en position de repli sur le canapé.

— Mathilde, soupira le père. Tu les laisses tranquilles.

— J'aimerais juste récupérer mon gilet, déclarai-je en lâchant discrètement le raccordement du téléviseur.

— Chloé, il est où, ce gilet ? demanda-t-il à sa fille.

— Dans la voiture.

— Tu mets sur pause et tu vas le chercher.

— Non, jamais, objecta-t-elle, butée.

Eugène soupira, saisit le trousseau de clés et partit vers la voiture. Je restai au milieu du salon, les fesses en appui sur la table, les yeux dans le vague.

Chloé m'adressa un sourire gonflé de triomphe.

Eugène claqua la porte d'entrée, me tendit le gilet, jeta les clés sur le buffet et partit voir Vincent.

Le gilet était criblé de taches. Chocolat, fraise, melon. Chloé s'était fait offrir un cornet de glace, j'en déduisis qu'avec, elle avait tamponné mon gilet. Je battis en retraite vers la chambre, m'allongeai sur le lit pour réfléchir et m'endormis.

Eugène vint me réveiller. Il me tendit une menthe à l'eau et s'excusa. Je lui en voulais, je ne comprenais pas pourquoi il avait osé lever la main sur moi, même mon père ne l'avait jamais fait. Il m'expliqua qu'il m'en voulait aussi, nous étions quittes.

— Je viens de parler avec Vincent, dit-il, adossé au mur, le regard rivé sur son petit doigt.

— T'as mal ?

— Je ne peux plus relever la dernière phalange.

— Tu devrais aller voir un médecin.

— Je voudrais qu'on sorte dîner tous les deux.

— Le temps de prendre une douche et je suis prête.

— Je parlais de Vincent. Il me l'a demandé. Tu comprends, il tourne un peu en rond entre Louise et Chloé.

— Vas-y, après tout, c'est bien que vous sortiez dîner tous les deux. Nous, on pourra se faire un petit bistrot demain ?

— On verra, dit-il, évasif.

— J'ai repéré un petit restaurant à Saint-Maximin.

— C'est loin. Je préfère ne pas laisser les enfants sans surveillance.

— Dans ce cas, on peut aller à l'Auberge du marché à Uzès.

— Ça a beaucoup baissé depuis qu'ils ont changé de chef.

— Sinon il y a l'Agapé.

— Je ne vois pas où c'est.

— C'est à Paris. Dans le XVIIe. J'en connais qui seront ravis de m'y emmener dîner.

— Mathilde, ne commence pas. C'est assez compliqué comme ça.

— Je ne suis pas jeune fille au pair.

— Tout de suite les grands mots. J'ai parlé aux filles…

— Ça m'aurait étonnée aussi de ne pas être la dernière informée.

— Elles regardent une bêtise à la télé et elles m'ont dit qu'elles se débrouillaient pour le dîner. Tu n'as pas à t'en occuper. On ne rentrera pas tard.

Il tenta de rétablir l'harmonie par un baiser d'armistice. La Polo démarra.

À Port-Grimaud, on devait déboucher le champagne. En bas, les filles avaient poussé à fond le volume de la sono. Je restai un long moment, allongée sur le lit, en conclave avec les moustiques. Je descendis après une douche, la vendetta en sourdine, les cheveux mouillés sur mon gilet taché.

Chloé et Louise sautaient à pieds joints sur le canapé, électrisées au Coca et aux chips. J'attrapai un verre et le reste de rosé. Totalement imperméable à la joie de vivre du salon, je partis les pieds nus vers la terrasse. Dehors, l'air était doux, la pierre encore tiède. Je fis quelques pas et me posai sur le rocking-chair.

La porte d'entrée venait de claquer. J'entendis des rires étouffés, le bruit sec de deux tours de verrou. Les filles s'étaient enfermées. Je me relevai pour aller tambouriner à la porte d'entrée, rien à faire.

Eugène avait fermé les volets, j'étais bonne pour attendre son retour, je me servis un deuxième verre, mon téléphone vibra.

— Rocheron, je vous dérange ? C'est votre sous-locataire.

— Non. Ça va, Gabriel ? demandai-je d'une voix molle.

— Comme ceux qui s'emmerdent à Paris pendant le pont de l'Ascension. Tout le monde s'est barré, il n'y a pas un chat. Dites, à votre avis, pour laver les chemises, c'est quel programme ? Il faut sortir de Polytechnique pour la faire tourner, votre Whirlpool.

Je lui expliquai le mode d'emploi.

— À part ça, vous nagez toujours en plein bonheur ?

— Ça dépend des heures.

— Qu'est-ce qui se passe ? Vous avez une petite voix.

— C'est compliqué. Je suis amoureuse d'un type super. On partage les mêmes valeurs…

— Pardon de vous couper, les valeurs, c'est bien gentil, mais ce sont les détails qui comptent.

— Je ne sais pas si c'est un détail, mais il a deux enfants. Un de quinze ans, une de onze. Ce n'est pas que je ne les aime pas, mais…

— Ça, commenta-t-il, les enfants des autres…

— Je sais bien que ça prend du temps pour créer des liens, mais ils s'en foutent. Je ne veux pas faire ma victime, mais quoi que je fasse, ça ne va jamais. Quand je pense avoir trouvé un terrain d'entente, ça foire dans la foulée. Si j'ose leur demander un truc, c'est le drame. Leur père prend leur défense parce qu'il ne les voit qu'un week-end sur deux. À chaque fois qu'on s'engueule, c'est à cause des enfants. Alors je m'écrase, du coup j'étouffe et je pars en vrille pour des broutilles. On doit emménager ensemble dans quinze jours. Je suis paumée.

— Vous savez, Rocheron, déjà avec ses propres moutards, c'est pas facile, alors avec ceux des autres, les casseroles qui se trimballent, les histoires de divorce, tout ça, c'est pas évident. Faut du recul. Vous voulez que je vous dise ?

— Oui, c'est pour ça que je vous parle.

— Vous vous posez trop de questions. Vous ne vivez pas, vous pensez. Vous voulez que tout soit parfait. Soyez vous-même. Lâchez prise.

— Vous voyez, par exemple, ce soir, il vient de partir dîner avec son fils. Très bien. Je fais la baby-sitter avec sa fille et une de ses copines. Elles viennent de m'enfermer dehors et la batterie de mon portable est à plat. Voilà. J'ai trente-deux ans, je n'ai pas envie de cette vie-là, je perds ma légèreté.

— Vous n'allez pas vous mettre à chialer, mon bonhomme. Prenez de l'air, vous n'êtes pas prête. De toute façon, ça ne sert à rien de…

Et la batterie de mon téléphone me laissa tomber. La musique s'arrêta au bout d'un moment. Je retournai vérifier la porte, toujours verrouillée.

Eugène et Vincent rentrèrent deux heures plus tard. J'attendais dans le rocking-chair, j'observais une colonne de fourmis transbahuter les restes de notre déjeuner.

— Il y a une fête foraine au village, lança Eugène en souriant.

Il m'expliqua qu'ils avaient fait quelques tours d'auto-tamponneuses, qu'on y retournerait ensemble, demain.

— Qu'est-ce que tu fais dehors ?

— Les filles m'ont enfermée, ça fait plus de deux heures.

— Pourquoi tu ne m'as pas téléphoné ?

— Batterie à plat, mon chargeur est à l'intérieur.

Il s'approcha de l'entrée, appuya sur la poignée, la porte s'ouvrit. Les filles avaient dû déverrouiller en entendant la Polo arriver. Vincent entra sans m'adresser un regard, Eugène se retourna vers moi et me demanda pourquoi je pleurais.

Chapitre 18

Les genoux recroquevillés sous le menton, je reniflais par à-coups en triturant nerveusement les boutonnières de mon gilet.

J'avais une boule dans la gorge, l'envie de fuir qui enflait. J'étais tiraillée par l'angoisse des regrets. Je n'avais plus aucun recul, je ressemblais à une mouche en panique du mauvais côté de la vitre.

C'était l'heure des phrases définitives, Eugène le sentait. Il s'avança vers moi, je n'offrais aucune prise, il s'assit sur la table basse, m'enserra les chevilles et pencha légèrement le visage.

— Tu veux rentrer à Paris, c'est ça ? lâcha-t-il au moment où il intercepta mon regard.

Les lèvres aplaties, j'abaissai les paupières en faisant oui d'un signe de tête. Il venait de viser juste, j'allais devoir développer.

— Allez, calme-toi, murmura-t-il en accentuant la pression sur mes chevilles.

— Je n'y arrive pas, couinai-je, à peine audible, en m'essuyant le nez sur mon jean.

— Attends, je reviens.

Il partit d'un pas mécanique vers la maison, réapparut avec une boîte de Kleenex, deux verres, une bouteille de Glenfiddich. Il avait la gravité d'un justicier de western spaghetti, il avala son whisky d'un trait.

— Tu n'arrives pas à quoi ? embraya-t-il en me tendant un verre.

— Je n'y arrive pas.

Je relevai les joues dans un sourire gêné en soufflant bêtement par le nez, une bulle se forma au coin d'une narine.

— Il faut que je parte, je crois que c'est mieux comme ça, entamai-je d'une voix de canard.

Je n'osais pas le regarder, je manquais de courage, je restais focalisée sur l'étiquette douze ans d'âge.

— Ça veut dire quoi, « c'est mieux comme ça » ?

— Ça veut dire que ça ne marche pas, tu le vois bien, avec les enfants ça ne colle pas, inutile d'insister.

— Mathilde, qu'est-ce que tu essaies de me dire ?

— Je n'assume pas.

— Mais t'assumes pas quoi ? demanda-t-il en tentant de garder son calme.

— Tout, rien, les enfants... je n'assume pas le côté trois pour le prix d'un, cette sensation de toujours devoir quémander un signe, un sourire de leur part, une approbation de la tienne, Françoise qui ne lâche rien, mon incapacité à m'imposer, tes chemisettes, les rouleaux de PQ qu'on se trimballe par lots de quinze, les samedis à l'Hippopotamus, tout ça. Eugène, je vais te quitter.

Il se gratta le lobe de l'oreille, ferma un instant les yeux, les rouvrit, soupira longuement.

— Mathilde... commença-t-il en se resservant de whisky. T'es ailleurs. Depuis quelque temps, je te sens ailleurs. Tu as rencontré quelqu'un ?

— Je préférerais, ce serait plus simple. Mais non, tu vois, même pas.

— Alors pourquoi tu remballes tes billes ?

— Je ne les remballe pas, fis-je en haussant les épaules, je les ai paumées, c'est différent.

— Fini de jouer ?

— Je ne joue pas. Ou si, oui, t'as raison. Je joue un rôle qui ne me convient pas et ça me fait peur. Peur, tu comprends ? Je joue à faire la bouffe, à desservir, à faire le plein de bouffe, à ramasser les pots de yaourt qui traînent sur le canapé, à négocier en permanence pour qu'on daigne m'aider, je joue à me priver de sortie quand ils sont là, à me compliquer la vie avec des gosses qui ne m'aiment pas, qui ne m'aimeront jamais. Ça ne me ressemble pas, je n'ai pas envie de cette vie-là.

Il reposa la bouteille de whisky, un grillon profita de l'interlude pour faire ses gammes dans les lavandes.

— Ça va s'arranger, tenta-t-il sans trop y croire. C'est vrai, j'ai tendance à les laisser faire ce qu'ils veulent. Faut leur laisser du temps, nous laisser à tous le temps de s'apprivoiser.

— Eugène… Je ne peux pas faire mieux, je n'y arrive pas. Je n'ai pas envie de m'écraser constamment en attendant la grâce ou la disgrâce d'un roitelet et d'une princesse.

— Et moi ? Je suis quoi dans tout ça ?

— Toi, je ne sais pas, tu n'existes plus quand vous êtes trois.

— Mais tu veux quoi ?

— Je voudrais qu'on fasse une pause. J'ai besoin de réfléchir, je ne sais plus où j'en suis.

— Écoute, Mathilde, objecta-t-il en se levant subitement, tu me fatigues. Je ne suis pas fait pour les portes qui claquent, les allers et retours entre deux sorties théâtrales, ça me gonfle. Alors oui, je ne suis pas parfait, oui, j'ai deux enfants et je compose comme je peux, tu le savais. Tu as voulu des preuves. Je déménage, comme tu me l'as demandé, à Paris. Les chemisettes, parlons-en, des chemisettes, tiens ! Je n'en porte plus, t'as qu'à voir comme je crève de chaud avec tes putains de manches longues pour faire bien auprès de tes copains. On dirait que la vitrine, chez toi, il n'y a que ça qui compte.

— Au cas où tu ne l'aurais pas remarqué, mes copains ne se précipitent pas pour nous voir.

— Ben je les emmerde, tes potes, figure-toi ! J'ai passé l'âge de me rouler par terre pour plaire à des blaireaux qui se la pètent l'été en Corse à lire *Belle du Seigneur* et à ratisser de la gravure de mode éthérée l'hiver en boîte. Tu ne t'engages pas, tu ne supportes pas qu'on tape dans tes yaourts, que le tapis de bain soit en boule, tu n'assumes pas les sorties au resto, on te fait honte, très bien, tu ne peux pas être plus claire. Si tu dois faire ton chemin, fais-le. Mais arrête de me faire chier ! explosa-t-il en envoyant valdinguer le cendrier.

Je tripotais mes orteils avec des airs de repris de justice, tassée dans ma chaise, dos courbé, minable.

— Tu ne te rends pas compte, Mathilde, à quel point tu peux faire mal. Tu saccages tout, comme une gamine égocentrique parce que le soleil ne tourne pas autour de ta petite planète. Je ne suis pas en mesure de lutter. Demain, je te raccompagne à la gare. Et puis merde, je vais me coucher.

Il ramassa les verres, la bouteille, se ravisa devant la boîte de mouchoirs et se dirigea vers l'entrée, les mâchoires serrées.

— Je prendrai un taxi, lançai-je d'une voix butée, en me laissant tomber contre le dos de la chaise.

Eugène s'arrêta, revint sur ses pas :

— Fais ce que tu veux, lâcha-t-il froidement, les yeux embués, avant de disparaître dans l'entrée.

Je hochai la tête en silence, j'étais allée trop loin, je le savais. Il ne me restait plus qu'à le rejoindre, me déshabiller sans bruit dans le noir, m'allonger à ses côtés, veiller à ne pas le frôler.

Il se tenait à l'écart, immobile, dos tourné, au bout du lit. Nous avons gardé les yeux ouverts, embourbés dans nos pensées en se demandant lequel des deux céderait en premier au sommeil, je redoutais le réveil.

J'ouvris péniblement un œil quelques heures plus tard, la couette était plate, son côté du lit déserté.

Je pris une douche, restai un certain temps devant la glace de la salle de bains, les mains agrippées au rebord du lavabo, les tempes qui cognaient, en face à face avec ma tête de poisson japonais.

Il n'était pas huit heures, j'appelai les renseignements, confirmai l'adresse du mazet au taxi.

Je descendis à pas feutrés avec mon sac, me fis un café, restai debout dans la cuisine aux aguets, à côté, la télévision murmurait. Je reposai ma tasse dans l'évier et me dirigeai au ralenti vers le salon. Il était sur le canapé, enroulé dans le plaid, la télécommande à la main, figé devant l'écran. Le taxi donna deux légers coups de klaxon, je détournai rapidement la tête vers les volets fermés, j'ouvris la bouche, me ressaisis, pris ses clés, sortis, appuyai sur le bip du portail, rentrai, reposai le trousseau sur le buffet.

— Eugène, j'ai commis une erreur, je m'en veux, pardonne-moi, balbutiai-je dans le dos du canapé.

— Va-t'en, s'il te plaît, lâcha-t-il sans se retourner.

Mes mains se resserrèrent autour des poignées de mon sac. Il zappait. J'attendis encore un instant devant les images qui défilaient. Je baissai les yeux en inspirant profondément, fis demi-tour et courus vers le taxi.

Je passai les trois heures du retour à regarder les vaches passer, le front contre la vitre du TGV. J'étais déboussolée, les ruptures m'avaient toujours soulagée, celle-là avait un goût d'inachevé.

J'arrivai cotonneuse en gare de Lyon, je regagnai mon quartier à pied pour m'échouer à la terrasse du café, en bas de mon appartement, à laisser les heures filer.

Je ne vis pas Gabriel s'avancer vers moi.

— Ça alors, Rocheron, qu'est-ce que vous foutez là ? s'exclama-t-il en s'approchant de la terrasse.

— Je ne sais pas.

Je répondais en regardant droit devant.

— Permettez ? dit-il en tirant une chaise.

— Je n'ai pas envie de parler.

Je posai les coudes sur la table, les mains devant les yeux.

— Vous n'allez pas vous remettre à chialer, mon bonhomme. Je vous préviens, je n'ai pas de mouchoirs…

Gabriel appela le serveur.

— Soyez gentil de m'apporter des serviettes, c'est les grandes eaux de Versailles à ma gauche. Et puis comme le bon Dieu vous a collé sur ma route, je voudrais deux cognacs, s'il vous plaît ! Merci, chef, vous êtes bien aimable.

Le serveur repartit en rapatriant les chaises autour des tables, je pleurais contre l'épaule de Gabriel, il me tapotait le dos avec la douceur d'un patron d'abattoir flattant la croupe d'une charolaise.

— Rocheron, ayez pitié de ma veste.

— Et voilà, dit le serveur en me collant une pile de serviettes sous le nez.

Il opina à mes remerciements, posa les verres, jeta un œil au ticket coincé dans la soucoupe en annonçant : « J'ai fini mon service, j'encaisse maintenant. »

— Trente-deux euros ? s'étrangla Gabriel. Ça va, on ne se mouche pas du coude chez vous ! À ce tarif, il va bientôt pouvoir racheter le Ritz, l'Auvergnat !

— C'est pas moi qui fixe les prix, tacla le garçon qui grattait la monnaie dans son portefeuille à soufflets.

— Tenez, grommela Gabriel en s'arquant sur sa chaise pour sortir un billet. Rendez-moi sur trente-cinq.

« Rocheron, dit-il en levant son verre, il reviendra, votre jules, laissez passer l'été. De temps en temps le célibat, ça ne fait pas de mal. Allez, tchin ! Vous voulez que je vous emmène dîner ce soir ?

— Je n'ai pas très envie de sortir.

— Vous n'allez pas nous jouer les désespérées d'opéra. Je réserve chez Kaspia, ça vous irait ?

— Quand vous allez voir le tarif de la patate au caviar, il va vous falloir un défibrillateur et je ne suis pas sûre qu'ils soient équipés.

— C'est bien, mon bonhomme, je commence à vous retrouver. Bon alors, c'est d'accord pour ce soir ?

— Pourquoi pas… Je vais peut-être aller faire une sieste.

— Très bien, je vous laisse remonter. Moi, je vais bouquiner tranquille. Vous verrez, là-haut, j'ai fait gaffe, c'est nickel. On peut pas en dire autant de mes chemises, il y a un slip qui a déteint, elles sont toutes roses. Ça va encore me coûter une blinde cette affaire.

— Je vais voir ce que je peux faire. Et ce soir, on édictera quelques règles du jeu.

— Du genre ?

— On ne mélange pas le blanc avec les couleurs, on ne vient pas me gratter le dos quand je dors.

— Je vais peut-être songer à investir dans un Scrabble alors.

— Je prends les consonnes à ma charge. Gabriel ?

— Quoi, encore ?

— Je ne suis pas mécontente de vous retrouver.

— Moi non plus, mon bonhomme, moi non plus.

Je posai mon sac dans le salon en plissant le nez, ça sentait les vestiaires de foot, j'ouvris les fenêtres en grand.

Je m'efforçai de ne penser à rien. J'avalai un somnifère, puis un autre. J'enfournai les chemises de Gabriel dans la machine avec des pastilles d'eau de Javel avant de m'affaler sur mon lit, un oreiller entre les bras.

Gabriel m'avait laissée dormir. Je me levai aux aurores, percluse de courbatures, et cherchai mon portable. Je pénétrai dans le salon avec des précautions d'assassin, pour ne pas le réveiller. Il dormait en chien de fusil, mon peignoir pour couverture, sur le canapé-lit qu'il n'avait pas réussi à déplier.

Pas de nouvelles d'Eugène. Rien. Je sortis chercher les croissants et les journaux.

Avant de remonter dans mon pigeonnier, je m'arrêtai au café, posai mon trousseau sur la table, commandai une orange pressée, les yeux rivés sur le double des clés que m'avait laissé Eugène. J'avais jusqu'à dimanche après-midi pour libérer ses cintres, dégager ma crème de jour, ma brosse à dents. Philippe rissolait avec Gilbert à Port-Grimaud, il avait négocié son lundi. Il ne pouvait pas m'aider à récupérer mes affaires. Le scooter de Fred ne me serait d'aucune utilité.

Les autres, il faudrait leur expliquer. Je réglai l'addition et remontai réveiller Gabriel.

— Bien dormi ? dis-je en jetant les croissants sur le bar de la cuisine.

— Je me suis vrillé le dos avec ce connard de canapé, vous n'auriez pas du Synthol ? dit-il en se passant la main derrière la nuque.

Il s'était saucissonné dans mon peignoir qui lui arrivait au-dessus des genoux.

— Vous êtes magnifique, Gabriel.

— Dites, mon bonhomme, on change de lit ce soir ?

— Si vous voulez. Café ?

— Oui, deux litres, s'il vous plaît. Je suis en kit.

— Gabriel, à part trouver des patchs au Synthol, qu'est-ce que vous faites aujourd'hui ?

Il soupira, les fossettes en berne, fixa sa tasse en reposant lentement son croissant et ne répondit rien.

— Gabriel, ça ne va pas ?

— Pas fort, non. J'essaie de faire le gaillard, mais franchement, ce n'est pas la joie. Je devais déjeuner avec les gosses aujourd'hui, c'est l'anniversaire d'Hugo. Mais Sylvène vient de me laisser un message comme quoi elle restait avec eux à Deauville, chez le beau-père. Ils me manquent. Putain ! C'est dingue ce qu'ils me manquent.

— Je la trouve gonflée, votre Sylvène, à se la jouer reine offensée. Si j'ai bonne mémoire, quand elle s'est barrée en Grèce avec votre coach de gym, vous avez passé l'éponge ?

— Ben oui, je sais bien, mais elle prétend que je l'ai humiliée.

— Pour trois textos, il n'y a pas de quoi en faire un rata.

— Rocheron, ça vous ennuierait de changer de sujet ?

— Justement, je voulais vous demander, vous pourriez m'aider à déménager mes fringues ?

— Je vous rappelle que je roule en Smart, pas en combi Volkswagen.

— J'ai l'équivalent de deux gros sacs à transbahuter, c'est tout. Je vous demande juste de me déposer, de m'attendre et puis on revient. Il n'y en aura pas pour longtemps.

— C'est d'accord, je vous emmène.

Je pénétrai chez Eugène les jambes en coton. J'ouvris les sacs sur son lit, arrachai les vêtements des cintres, vidai les tiroirs de la commode, jetai ma brosse à dents et les pots de crème dans la poubelle de la salle de bains.

Le téléphone fixe sonna, je tendis l'oreille en me rapprochant de l'entrée. C'était Françoise.

Elle n'appelait sur le fixe qu'en cas de crise et elle laissait des messages. Elle avait pour mode opératoire de s'égosiller sur le répondeur le dimanche soir, quand Eugène regagnait seul son appartement, après avoir déposé les enfants. Elle connaissait l'impact sur le moral d'Eugène des récriminations faites en différé.

Je m'approchai du répondeur, tout en débarrassant une robe de son cintre et stoppai sa diatribe en décrochant.

— Bonjour, Françoise, dis-je d'une voix faussement douce… C'est la pétasse dont vous parliez à l'instant. Vous avez quelque chose à me dire ? Je vous écoute…

— Qu'est-ce que vous faites là ? grinça-t-elle, désarçonnée.

— Là ? Je fais mes valises. J'ai quitté Eugène. Enfin, c'est surtout vos enfants que je quitte. Je vous félicite d'ailleurs, vous les avez bien dressés et vos piqûres de rappel, notamment au moment des repas, ont très bien fonctionné. Donc, je vous écoute, vous en étiez aux photos de Vincent, je crois. Je l'ai prévenu, il va falloir que vous changiez de pseudo si vous voulez continuer de le pister sur Facebook, mais pardon, je vous ai coupée. Poursuivez, je vous en prie…

— Non mais, vous vous rendez compte ? Vous avez fait fumer de l'herbe à mon fils. C'est inadmissible et criminel. Il est mineur, je vous rappelle. Quel genre de femme êtes-vous ? Et Eugène qui laisse faire…

— Parlons-en de votre fils. Il prend des photos de ma lingerie en me traitant de pute sur Internet, il est passé maître dans l'art du chantage, cogne sur sa sœur en l'insultant. C'est son herbe et c'est lui qui m'a proposé de fumer. À votre place, je me poserais des questions.

— Je n'ai aucune leçon à recevoir de votre part.

— Je ne vous en donne pas. Je ne comprends pas pourquoi vous m'en voulez tant, vous avez divorcé, je n'ai rien détruit, j'ai fait la voiture-balai. Tout ce que je vous souhaite un jour, c'est de tomber amoureuse, vraiment amoureuse et que vos enfants se comportent avec celui que vous aimerez comme vous leur avez si bien appris à le faire avec les femmes qui approchent Eugène. Au revoir, Françoise.

Je lui raccrochai au nez et effaçai son message. Les joues en feu, la main tremblante, je retournai boucler mes paquetages.

Un sac sur chaque épaule, la poubelle de la salle de bains coincée entre mes genoux, je sortis la clé de mon trousseau.

Je posai mes sacs pour repartir dans l'appartement chercher un rouleau de scotch et le dictionnaire de Vincent.

Avant de refermer la porte, je plaçai le *Larousse illustré* en évidence sur le carrelage de l'entrée et scotchai la clé sur le substantif *dommage*.

Le miroir de l'ascenseur me renvoya une mine verdâtre, je regagnai la voiture de Gabriel avec l'image des cintres libres se balançant lentement dans la penderie d'Eugène.

Chapitre 19

Gabriel était au téléphone, j'imaginais avec Sylvène, ça bardait. La conversation tourna court. J'avançai vers la voiture, un sac sur chaque épaule et jetai le plus lourd dans le coffre. Il y eut un craquement. Gabriel se précipita vers moi, le visage en pyrolyse. Je venais d'écraser le cadeau d'anniversaire de son fils, son petit Hugo, cinq ans pile aujourd'hui. L'emballage du tracteur John Deere télécommandé était explosé.

Gabriel m'arracha le paquet des mains et m'indiqua très concrètement où je pouvais me carrer ma désolation. Il jeta le tracteur par terre et s'acharna sur le cadeau en le pilonnant avec le talon droit de sa Weston à glands. J'assistai au massacre les cils écarquillés, la mâchoire pendante.

Il extirpa les cinq bougies d'anniversaire de sa poche, les balança dans les massifs de la résidence et s'effondra les bras croisés sur le toit de sa Smart. Dix minutes s'écoulèrent.

Je guettais son retour à la normale dans un garde-à-vous de circonstance, je regardais le quatrième étage de l'immeuble, je pensais à Eugène.

Gabriel finit par se redresser. Il posa un regard

essoré sur le tracteur en miettes, shoota dedans et m'indiqua d'un coup de menton le siège passager.

Le retour vers Paris servit de crash test à sa boîte de vitesses. Mon deuxième sac sur les genoux, je ne déviais pas les yeux des pare-chocs de devant. Je me demandais si, en cas d'accident, l'airbag serait à la hauteur de sa promesse.

Place Saint-Michel, Gabriel s'arrêta dans le couloir des bus, activa ses feux de détresse en déclarant que quelques tours de périphérique l'aideraient peut-être à se calmer. Je l'encourageai par un semblant de sourire, sortis de la voiture en veillant à ne pas le contrarier, ni lui, ni sa portière et regagnai mon appartement.

Je passai l'après-midi à faire des allers-retours à la cave pour aménager la colocation de nos célibats. À la nuit tombée, j'appelai Gabriel, il m'informa qu'il préférait rester seul.

Il reparut le dimanche soir. En guise d'armistice, il me tendit un bouquet tout fait de chez Monceau Fleurs et une suggestion de dîner russe. Il s'avachit sur le pouf pendant que je sortais les verres et attaqua la Zubrowka.

Je ne posai aucune question sur son week-end.

La soirée débuta par la visite du site John Deere, il y eut débat sur le nouveau tracteur d'Hugo, vote à main levée, réparation pour ma maladresse. Gabriel avait l'intention de se saouler, sa bonhomie retomba comme un soufflé.

Il se confessait par rafales. Je répondais à ses questionnements par des hochements de tête. Gabriel était en boucle sur ses enfants, il décrivait leur absence, l'insipidité de son quotidien.

Je tendais mon verre, ses variations autour du manque m'atteignaient par inadvertance. Elles se firent plus précises, plus mordantes, elles me renvoyaient à mon nombrilisme, à la solitude d'Eugène le dimanche quand il raccompagnait ses gosses.

Plus Gabriel s'épanchait, plus j'imbibais mes remords de vodka. Les blinis restèrent en plan avec le saumon sur ma table basse. La bouteille était vide, le canapé refusa de se déplier.

Nous passâmes une nuit factice, en faisant couette commune et rêves à part, nos portables sous l'oreiller désespérément muets. Je n'entendis pas le réveil biper.

— Rocheron, debout ! m'ordonna Gabriel pour la troisième fois en ouvrant la fenêtre en grand.

Je grommelai, planquée dans le duvet d'oie, les paupières en velcro, le corps fossilisé dans le matelas.

— Vous êtes en retard, allez, hop, on se bouge ! dit-il en dégageant ma couette.

— Je n'irai pas au bureau, lui lançai-je en m'agrippant à l'édredon.

Il s'assit sur le bord du lit, me secoua l'épaule pour me sortir du coma. Son eau de toilette me piquait le nez, les motifs de sa cravate juraient sur sa chemise à carreaux.

— Gabriel, je vous en supplie, si vous me laissez sécher aujourd'hui, je vous promets qu'en échange je me charge des repérages qui empoisonnent tout le monde au bureau. Je prends le poste au département logistique. J'ai réfléchi, je n'ai plus envie de traiter en direct avec les clients.

— Sérieux ?

— Aussi sérieux que vous devriez changer de cravate.

— Qu'est-ce qu'elle a, ma cravate ? Elle a une tache ? fit-il, le menton rentré, en tirant dessus pour l'observer au jour, près de la fenêtre.

— Non, c'est sur votre chemise qu'elle fait tache. Bon alors, pour mon changement de poste, vous êtes d'accord ?

— Vous ? En tandem avec Martial Rodriguez ! Je ne parie pas un kopeck sur l'attelage. Déjà qu'en temps normal vous lui reprochez de ne pas avoir la lumière à tous les étages, je vois d'ici l'ambiance pendant les coups de chaud.

— Mais non, ça se passera bien, vous verrez, lui assurai-je en allant refermer la fenêtre. Je n'ai rien contre Rodriguez, il est gentil, mais reconnaissez que ce n'est pas une épée.

— C'est sûr, il n'a pas inventé le bidon de deux litres. Mais en même temps, s'il était plus intelligent, il serait peut-être moins brave. Enfin, avant de vous coller dans ses pattes, je dois tâter le terrain avec Ève. Elle vient de refaire l'organigramme de l'agence.

Je sortis la tête de ma penderie.

— Depuis que vous lui avez offert un séminaire de leadership, c'est la folie des grandeurs. Un organigramme ! Non mais elle se croit où ? Chez Publicis ? Avec la standardiste et l'homme de ménage, à tout casser on est vingt-quatre.

— Bientôt vingt-trois, Ève m'a remis sa démission vendredi. Elle va se marier, figurez-vous.

— Sans blague.

— Et elle part vivre avec son futur chez les Chinois. Je ne sais plus où ils s'installent… Shanghai, Pékin, enfin peu importe. Ça vous dit, un café ?

— Non, plutôt une bouteille d'eau avec deux cachets d'aspirine.

— Vous ne voulez pas non plus que je descende vous acheter la presse et les croissants ?

— Gabriel, vous me demandez ce qui me ferait plaisir, je vous réponds.

Quand je sortis de la douche, un thé, des biscottes et de la confiture m'attendaient à côté, tous les tubes de ma pharmacie étaient alignés, prêts à l'effervescence.

Pour la troisième fois, je consultai mon portable, aucune nouvelle d'Eugène.

— Vous voulez un conseil, mon bonhomme ? dit-il alors qu'il attaquait une biscotte.

Je répondis non en secouant la tête.

— Je vous le donne quand même. Avec ce que vous lui avez balancé, à votre jules, laissez-lui le temps de faire le point et de se retourner. Si c'est comme dans *Plus belle la vie*, attendez la prochaine saison, il reviendra. Sinon, changez de chaîne. Mais que ce soit lui ou un autre, ce n'est certainement pas avec votre mine de recalée du purgatoire que vous retrouverez un julot.

— J'en ai rien à faire des autres.

— Nigaude. Il fallait réfléchir, alors, avant de le plaquer. Vous vous attendiez à quoi ? À ce qu'il abandonne ses gamins et qu'il crame son épargne retraite en louant la patrouille de France pour vous dessiner des cœurs au-dessus de l'Arc de triomphe ? Vous vivez dans quel siècle ? Faut arrêter de lire Flaubert.

Je l'écoutais, assise en tailleur, les joues calées sur mes poings, ce qui me faisait une face de hamster. J'avais besoin de noyer mes regrets sous les dossiers, d'oublier. Ce que je lui expliquai. Gabriel écouta mon laïus d'un sourcil navré, tout en s'enfilant le reste de mes biscottes.

— Il est périmé, votre Doliprane ? Je ne vous ai jamais vue comme ça.

— Et vous, avec Sylvène, vous comptez faire quoi ? Hier vous m'aviez plutôt l'air d'en être au point mort.

— On ne parle pas de moi, on parle de vous. Vous êtes incapable de vous poser, c'est toujours mieux ailleurs, c'est ça votre problème. Regardez, rien qu'au bureau, ça fait deux fois que vous changez de département. Alors je vous demande de réfléchir. Ne venez pas me seriner avec vos goûts de luxe quand vous vous retrouverez au Fasthôtel de Bourg-en-Bresse. Parce que vu le blé qu'on a pour le repérage du séminaire Sofinco, vous n'êtes pas près de goûter le poulet à la crème de chez Georges Blanc. Je vous le dis tout de suite, le poulet, ce sera façon nuggets chez McDo.

Il enchaîna sur le fait qu'il avait extrêmement mal dormi. J'avais la journée pour profiter de mon lit, dès ce soir, je retrouverais le canapé.

— Je suis chez moi, quand même !

— Rocheron, ne commencez pas à ergoter, c'était le deal. Avec ce que je vous file pour le loyer, je ne vais pas en plus me foutre les vertèbres en Z. Vous feriez mieux d'aller faire un tour chez Carita. Vu votre tronche de photomaton, ça ne vous ferait pas de mal.

— Si j'y croise Sylvène, puisque vous lui reprochez d'y être tout le temps fourrée, je lui dis quoi ?

— Que le con qu'elle regrette d'avoir épousé a retrouvé le dessin de sa bague de fiançailles et qu'il la lui a enfin commandée chez Cartier.

— C'est votre plan épargne retraite qui y est passé, pas vrai ?

— Rue de la Paix, on paie rarement en points S'Miles.

— Vous avez prévu une mise en scène pour la lui remettre, votre bague ? demandai-je en enfilant un jean.

— J'ai demandé à ce qu'ils la livrent à son bureau.

— Mais c'est nul, ça ! Elle va se croire obligée de vous rappeler.

— C'est un peu le but du jeu.

— Vous manquez de poésie.

— Elle veut plus me voir. Vous comprenez ça ? explosa-t-il en postillonnant des miettes de biscotte sur ma couette blanche. Et puis merde, je n'ai pas envie d'en parler.

On sonna à la porte. Gabriel sursauta en se retournant vers moi, les joues décolorées.

— Respirez, c'est Alice, elle vient faire le ménage tous les lundis à neuf heures.

J'expliquai à Gabriel qui était Cheneau Alice, elle se présentait comme un formulaire de la Sécu, toujours avec le nom de famille en premier. Elle n'était pas concierge, mais gardienne, malheur à celui qui ne saisissait pas la nuance.

Elle régnait sur l'immeuble depuis vingt-deux ans, rien ne lui échappait. Elle avait du mal à suivre mes histoires d'amour, je lui avais confié un jeu de clés. Mais depuis qu'elle m'avait surprise à poil avec Eugène sur le canapé, je lui demandais de s'annoncer avant d'entrer. Un principe de précaution qu'elle commençait à intégrer.

Alice récupérait aussi mes recommandés, me rappelait les changements d'heure et les dates butoirs des tiers provisionnels.

Si je recevais des fleurs entre deux célibats, c'était pour elle. Dans ce cas, s'il y avait livraison de pétales, elle collait un post-it sur ma porte d'entrée. « Merci pour le bouquet » signifiait que la carte de l'expéditeur était consignée dans sa loge. Elle avait ses têtes et pouvait se montrer odieuse avec celles qui ne lui revenaient pas. Et elle était sous le charme d'Eugène.

J'ouvris à Alice alors qu'elle posait le doigt sur la sonnette une seconde fois.

— Bonjour, mademoiselle Mathilde. Vous n'êtes pas seule à ce que je crois, je repasse plus tard ?

Elle lorgnait par-dessus mon épaule, histoire de vérifier si la personne brune de sexe masculin que j'hébergeais depuis le 10 du mois était là.

— Bonjour, Alice, entrez. Je suis désolée, je n'ai pas eu le temps de vous prévenir, un de mes amis va vivre ici encore quelque temps.

— Oui, j'ai vu, c'est le monsieur qui gare sa Smart dans la cour.

— C'est M. Felon. Il a des travaux chez lui, ça a pris du retard, alors je lui rends service, vous comprenez.

Gabriel lui tendit la main en se penchant avec la déférence qu'un baron porte au marquisat, Alice se crut obligée de lui faire des frais.

— N'importe comment, les travaux on sait quand ça commence mais jamais vraiment quand ce sera fini.

— Voilà, merci, Alice, vous repassez plus tard ? dis-je en m'avançant pour la repousser de l'autre côté de mon paillasson.

— En fait, j'avais un paquet pour vous. C'est M. Eugène. Il est venu ce matin. Il est gentil, il m'a apporté des croissants. Comme il m'a demandé si… enfin… alors moi, vous comprenez, j'ai répondu… Je lui ai dit que…

— Vous lui avez dit quoi ?

— Je lui ai dit qu'il y avait bien quelqu'un chez vous, mais que je ne savais rien. Alors M. Eugène, il a écrit un mot et puis comme il était mal garé, il m'a dit de vous le monter, qu'il était pressé et il est parti.

Alice se mordait l'intérieur des deux joues et verdissait à mesure qu'elle comprenait sa boulette. Elle éprouva une fascination pour mon paillasson, évita mon regard, me tendit le paquet et s'éclipsa par les escaliers. Il n'y avait plus qu'à refermer la porte et à affronter Gabriel.

— Un commentaire ? attaquai-je en me retournant vers lui.

— Non, une question.

— Je vous écoute, fis-je, les joues molles, les jambes en coton.

— On peut savoir ce qu'il y a dans le paquet que le directeur du marketing France de BMW et client de l'agence vous a livré ?

— Les documents qu'on attendait pour les discours de la prochaine convention.

— Rocheron, vous comptez vous foutre de ma gueule encore longtemps ? Je le sais depuis Cannes. Vous pensez bien que son ex m'a mis la puce à l'oreille à force de me poser des questions à votre sujet. Ça n'a pas été très compliqué de lui faire cracher le morceau. Ben, ouvrez-le, votre paquet.

Je sortis du colis une chemisette lacérée au cutter qui me fit sourire. Puis je fronçai les sourcils en découvrant un Bescherelle. À la conjugaison du verbe *croire*, raturée au feutre noir, était scotché le porte-clés en forme de cœur que je lui avais offert lors de notre premier week-end à Londres. Gabriel s'adossa contre la porte d'entrée, les mains dans les poches. Je restai prostrée devant le mot d'Eugène.

— Qu'est-ce qui se passe ? s'impatienta Gabriel. Vu votre tête, ça sent le coup de grâce.

Je lui tendis la carte et lui demandai ce qu'il fallait lire entre les lignes. Il s'exécuta en tapotant sa veste pour trouver ses lunettes.

« Mathilde, commença-t-il avec un ton compassé. En guise de trophée, je t'offre ma dernière chemisette. Jusqu'à ce matin, je croyais encore à l'histoire à laquelle tu as voulu nous faire croire. Dommage, comme tu l'as souligné, je n'ai pas vu venir la chute. Tu m'as menti. Merci de faire en sorte qu'on ne se croise pas. Eugène. »

— Gabriel, vous en pensez quoi ?

— Rien. Je pense surtout qu'il n'y a pas grand-chose à en penser. Pas la peine de chercher à lire entre les lignes, je vous le dis, c'est cuit. On va arrêter le carnage, cet après-midi vous allez chez le coiffeur, vous vous retapez le portrait, vous faites ce que vous voulez mais demain, terminé les conneries, vous passez à la logistique. Faites-vous oublier.

— Gabriel, vous ne pouvez pas rattraper le coup ? tentai-je d'une voix qui se fendillait.

— Mathilde, on n'est pas chez Feydeau. Laissez tomber. Si je m'en mêle, on pourrait croire qu'il y a conflit d'intérêts, me rembarra-t-il en se retournant vers la fenêtre.

Gabriel fulminait, le nez collé aux carreaux. Il calculait le trou dans la marge que lui causerait la perte du budget BMW. Je le devinais. Il pensait au coup de collier à donner pour éviter les foudres de son beau-père devant l'exercice comptable de la fin de l'année. Sylvène risquait de le lourder. Je m'assis sur le canapé, portable entre les mains, épaules basses, dos voûté, futur plombé et supprimai les contacts enregistrés sous l'intitulé Eugène.

Le lendemain, Philippe m'attendait à deux pas du bureau, au café, comme je le lui avais demandé.

— C'est quoi, cette coupe de cheveux de poule naine ! s'exclama-t-il en saturant de sucre son cappuccino.

— Demande à mon coiffeur, rétorquai-je, vexée. Hier dans son salon on m'a assuré que la coupe à la Jean Seberg m'irait vachement bien. J'ai dormi dessus, c'est tout.

— Je te fais marcher, ça te change, ça te donne un petit air de…

— Célibataire ?

— Non ?!

La fin du sachet de sucre s'éparpilla sur la table.

— Je me suis séparée d'Eugène. Le week-end s'est très mal passé avec les enfants. Pendant que tu étais à Saint-Tropez, j'étais au Centre Leclerc. Tu jouais à la pétanque, j'épluchais des haricots. Ça n'a pas loupé, j'ai craqué.

— Ne pleure pas, ma dauphine. Je sais que t'y tiens à ton vendeur de bagnoles, j'ai été con, je sais, je t'ai narguée, ça n'a pas dû t'aider, allez, s'il te plaît, arrête de pleurer.

— Il ne veut même plus que je le croise. En plus, il est passé hier à l'appartement, cette crétine de gardienne lui a dit que je n'étais pas seule.

— T'étais avec Gabriel.

— Oui.

— Il suffit de l'expliquer à Eugène.

— Non, c'est foutu. Du coup maintenant Gabriel est au courant, il est furax. Il a peur de paumer le budget. Je change de département, je passe à la logistique, je me chargerai des repérages. Je voulais te le dire avant qu'il ne te l'annonce.

— Toi, avec Martial ? Non, c'est impossible, ma chérie. Tu vas finir neurasthénique comme le caniche de ma grand-mère. C'est affreux, tu sais ? On a dû le faire piquer.

Je laissai Philippe regagner l'agence et me fis porter pâle par le médecin.

Chapitre 20

Martial me réserva un accueil glacial et s'empressa de me désigner volontaire pour sillonner la France, repérer les salles de séminaires avec étape obligatoire dans les hôtels deux étoiles.

Je relisais Flaubert seule au restaurant, devant une soupe ou un menu végétarien, forcément je ne souriais pas, j'étais passée maître dans l'art de décourager les avances des VRP.

Quand je remontais dans ma chambre, je composais le numéro d'Eugène sans jamais l'appeler. Il me manquait.

Gabriel me convoqua dans son bureau à mon retour. Je venais de passer une semaine dans le Bordelais. Quand je l'avais laissé, il bachotait des romans à l'eau de rose, il notait des idées de scénario pour subjuguer Sylvène le jour où il lui offrirait sa bague. À la façon dont je fus accueillie, j'en conclus qu'il pataugeait.

— C'est le *Guinness des records* que vous visez avec vos frais de taxi ?

— Dites-vous que c'est comme si vous m'aviez invitée à déjeuner dans un bel endroit pour me remercier d'avoir décroché le séminaire des mobiliers urbains Pisoni. Et encore, sans les vins. Vous ne vous en sortez pas si mal.

— Alors là, je vous vois venir, mon bonhomme, mais gros comme une maison ! Vu les marges dégagées sur ce client, ne comptez pas sur une prime.

— Il n'y a pas à dire, vous êtes un génie de la motivation salariale. Vous avez songé à écrire un bouquin ?

— Avouez qu'il n'y a pas de quoi faire péter le roederer.

— Vous en êtes où, avec Sylvène ?

— Nulle part. Je vous parle de vos notes de frais.

— Je m'inquiète pour vous, c'est tout.

— C'est la guerre froide, si vous voulez tout savoir.

— Je peux peut-être vous aider.

— Vous n'avez toujours pas de nouvelles de Boissot ?

— Non. Pourquoi vous me posez la question ?

— Parce que j'ai déjeuné avec lui. C'est lui qui me l'a demandé. On s'est expliqué, c'est un mec bien, je suis désolé de vous dire ça, mais pour l'instant, il ne veut plus vous revoir.

Je sortis du bureau de Gabriel anéantie. J'avais plaqué Eugène, je venais de comprendre qu'à son tour il me quittait.

J'enchaînai les déplacements, les week-ends à seconder Martial, je n'arrivais pas à oublier Eugène. Deux mois sans nouvelles.

À chacun de mes retours à Paris, je retrouvais mon canapé, Gabriel squattait toujours mon pigeonnier.

Je sortais avec Philippe le soir et l'accompagnais le lendemain à son club de sport, nous transpirions sur les machines, en prévision des vacances chez Scott, fin août, en Corse.

— Ma chérie, m'annonça Philippe la veille du départ. Avec ton corps de déesse, tu vas faire des ravages à Sperone.

— Philippe, évite les traquenards, je ne suis pas d'attaque.

— Écoute, si c'est pour me parler d'Eugène, ce n'est même pas la peine. Il faut que tu te fasses à l'idée que c'est fini. Ou tu viens avec nous et c'est la fête. Ou tu fais un stage à l'UCPA, ambiance dortoir, douche au bout du palier, salade feta, kayak de mer, soirée karaoké avec des nazes autour d'un feu de bois. Tu choisis quoi ?

— Sperone.

— Très bien. N'oublie pas ce que disait ma grand-mère : « Vaut mieux faire envie que pitié. »

À la surprise générale, je ramenai de Sperone un souvenir qui amusa énormément Philippe. Alex Danrémont. À son bras, j'avais des airs d'héroïne piochée dans la collection « Passions » chez Harlequin, Gilbert était en pâmoison.

J'avais du mal à me convertir au phénomène. Alex Danrémont et son Porsche Cayenne. Il avait la particularité de traverser la foule des boîtes de nuit en dansant plus ou moins en rythme jusqu'au carré VIP, mais toujours les bras en l'air. Il n'avait jamais lu la définition du mot *discrétion*.

J'avais vingt ans de moins que lui, je le bousculais, je le titillais et il en redemandait.

Il ne disait pas bonjour, mais salut, ça faisait jeune. Il copinait avec les Corses qui le regardaient en biais en montrant des signes d'extrême nervosité chaque fois qu'Alex les saluait en leur tapant dans le dos.

Dix jours après son arrivée, il connaissait la moitié du port de Bonifacio.

Avant d'être propriétaire d'un studio d'enregistrement spécialisé dans les musiques de films publicitaires – il parlait d'identité sonore –, Alex avait été directeur artistique dans une maison de disques.

Sa fortune, il la devait aux millions de gogos qui avaient acheté la *Lambada*, dont moi, Philippe, sans oublier Gilbert, ça faisait déjà trois.

Il était de toutes les fêtes, Mick Jagger l'invitait à chacun de ses anniversaires.

Comme les cigales, Alex ne vivait qu'au soleil. Dès septembre, il filait dans son hôtel de onze suites à l'île Maurice.

Je partis le rejoindre, poussée par Philippe, passer le deuxième week-end de la rentrée sur pilotis.

Alex m'accueillit accoutré en costume local pour montrer combien il était bien intégré au paysage et me fit faire le tour du propriétaire.

Il m'expliqua que, depuis notre rencontre, il avait lu tout Flaubert. Il disait que Madame Bovary c'était lui, je ne savais pas très bien comment le prendre. Pour m'épater, il me citait des passages, il trouvait que ça faisait chic en débouchant le Dom Pérignon.

Au moment de dîner, il m'invita à danser un slow, les langoustes tenaient la chandelle sur la table que le personnel avait dressée.

J'avais les douze heures de vol dans les pattes et du mal à me faire à l'ambiance. Il me susurrait à l'oreille que j'avais la grâce d'une sirène. Il voulait faire de moi sa princesse, je devais sur-le-champ lui faire un héritier qui porterait un jour sa Patek, il se demandait ce que j'avais à me bidonner.

À la fin de la deuxième bouteille, je lui expliquai que je ne me sentais pas compatible avec l'avenir qu'il me dessinait. Il mit cela sur le compte de l'émotion, je m'endormis comme une bûche dans son lit à baldaquin en le laissant mâchonner son cigare sous la Grande Ourse.

Évidemment qu'Alex me touchait avec ses parades en bois de rose, les montagnes d'antidépresseurs qu'il s'enfilait, son côté milord un peu désuet et ses manières précipitées.

Devant le comptoir d'enregistrement, je lui promis de réfléchir à l'avenir qu'il m'offrait, j'abrégeai les adieux et m'envolai en classe économique, reprendre mes esprits dans la grisaille de Paris.

Je débarquai directement au bureau et m'empressai d'aller prendre des nouvelles de la bague de fiançailles de Gabriel.

— Alors, là, mon bonhomme, je vais vous scotcher.

— Je vous écoute.

— J'ai lu Alexandre Jardin et il m'a filé des idées. J'ai fait imprimer des pancartes, *Sylvène tu me manques*, *Sylvène pardon*, *Sylvène je t'aime*, *Je meurs sans toi Sylvène*. Je les ai fixées sur tous les feux rouges, depuis la maison jusqu'à son bureau. Je n'ai pas lésiné. J'avais mis sa secrétaire dans le coup. Un groom est venu lui livrer la bague quand elle arrivait à son bureau. Je l'ai retournée comme une crêpe.

— À voir votre sourire de ravi de la crèche, elle vous a rappelé.

— Un peu, mon neveu ! J'ai réintégré mes pénates, je suis heureux. Mais je n'ai pas eu le temps de passer chez vous prendre le reste de mes affaires. Je suis seul ce soir. Je vous invite à dîner, chez Kaspia. Et, en vous raccompagnant, je récupérerai mon sac.

— Ça marche, dis-je en sortant de son bureau.

Devant le saumon norvégien, je lui racontai mon week-end avec Alex Danrémont, le Dom Pérignon, ma grâce de sirène, la Patek pour l'héritier.

J'écoutai les retrouvailles avec Sylvène, il évita de me parler d'Eugène.

Gabriel sortit du restaurant, le rire bête, le pas incertain. Les blinis n'avaient pas réussi à éponger la charge des carafons de vodka.

Nous avancions vers mon immeuble, je serrai le bras de Gabriel à la vue d'une silhouette devant ma porte d'entrée. J'avançai, inquiète, je connaissais cette silhouette, c'était celle de Vincent. Il abaissa sa capuche quand il me vit arriver.

— Qu'est-ce que tu fais là ? lui lançai-je d'un ton sec.

— C'est qui ce naze avec son costard en tergal ? Ton nouveau mec ? répondit Vincent.

Il jeta sa cigarette d'une pichenette. Il avait dû se mettre à fumer pendant l'été.

— Excusez-moi, Gabriel, c'est le fils d'Eugène.

— Pas de problème, répondit Gabriel.

— Vincent, je te présente Gabriel, un ami.

— Faut que je te parle, reprit Vincent.

— Vas-y, je t'écoute.

— Pas devant lui.

— Je vais peut-être vous laisser, suggéra Gabriel. Je récupérerai mes affaires plus tard.

— D'accord, merci, Gabriel, pour le dîner. À demain.

Gabriel salua Vincent, fit demi-tour et repartit.

— Il a ses affaires chez toi et ce n'est pas ton mec, constata Vincent.

— C'est mon patron. Il m'a raccompagnée, on a eu un dîner de boulot. Viens, on va au café.

Il s'installa au bar, commanda une bière pression, je pris une vodka. Je me préparais une belle gueule de bois. La présence de Vincent m'inquiétait. J'avais une boule dans la gorge, le plexus écrasé, du mal à respirer. Vincent fixait le percolateur en triturant son sous-bock, ses mains tremblaient, il restait silencieux.

— Alors, tu voulais me dire quoi ?

— Pas mal, ta coupe, j'ai failli ne pas te reconnaître.

— J'imagine que tu n'es pas venu pour me parler de ma coupe de cheveux.

— Je voulais te parler de papa. Mais t'inquiète pas, s'empressa-t-il de préciser, il n'y a pas de problème. Il ne sait pas que je suis là. J'étais rue Michel-Ange ce soir, il est sorti à un dîner. Ça fait plus de deux heures que je t'attends, il ne faut pas que je traîne.

— Tu pouvais me téléphoner.

Je regardais Vincent de haut, je ne voulais pas lui montrer qu'il me touchait, je me méfiais.

— J'y ai pensé, à t'appeler. Et puis, je me suis dit que tu ne voudrais pas me voir.

— Probable. Qu'est-ce que tu veux me dire au sujet de ton père ?

— Tu lui manques.

Je marquai le coup, me ressaisis.

— Vincent, arrête ton petit jeu. Tu mens et ce n'est pas drôle.

— Si, je t'assure. Tu lui manques. Il n'est plus pareil depuis que t'es plus là. Il est malheureux. Il est triste. Et puis super chiant.

Je n'osais plus respirer, j'avais envie de le secouer, je cherchais des preuves, je voulais qu'il me parle, je doutais, j'espérais.

— Cet été, papa a invité une nana au mazet. Une pure fraîcheur.

— Tais-toi ! Je ne veux pas entendre ça.

— Je peux te dire qu'elle a vite attrapé un coup de chaud, la fille, on s'en est débarrassés avec Chloé.

— Je vous fais confiance, je connais la danse.

— Je suis venu pour te donner le nouveau numéro de papa. Appelle-le.

— Je crois que tu ne te rends pas compte à quel point vous avez pu m'emmerder, ta sœur et toi. Et puis ton père m'a demandé de ne plus le contacter. C'est fini, Vincent.

— Appelle-le, je te dis, j'ai parlé avec lui.

— C'est lui qui t'envoie ?

— Non. Il ne sait pas que je te vois. On a parlé de toi, je sais que je n'ai pas été cool. Mais t'es un peu rigide, toi aussi.

— Je pense que tu n'as pas compris, Vincent, c'est fini.

— Appelle-le, parlez-vous, je te dis qu'il est malheureux. Et moi, maintenant il faut que je rentre. S'il voit que je suis pas là à son retour, il va m'exploser.

Il sauta de son tabouret, sortit de sa poche un morceau de papier qu'il fit glisser sur le comptoir. Je le dépliai, en me demandant quelle serait ma première phrase quand Eugène décrocherait.

Son numéro n'avait pas changé. Je souris en m'en apercevant.

Vincent avait déjà poussé la porte du café. Il attendait que je me retourne. Il me souriait à travers la vitre, mima plusieurs fois le signe de téléphoner et disparut dans la station de métro.

Je restai un moment devant mon verre de vodka, réglai les consommations et remontai chez moi. Je passai une partie de la nuit, mon portable entre les mains, à écrire des textos que je n'envoyai pas.

Le lendemain, à l'heure du déjeuner, je glissai dans la boîte aux lettres d'Eugène un roman japonais intitulé *Romanée-Conti 1935*.

Au dos de la couverture, je lui rappelai qu'un certain 8 décembre, il m'avait proposé de m'inviter à dîner. J'attendais toujours…

REMERCIEMENTS

À celles et ceux que j'ai délicieusement empoisonnés. Ça fait un paquet.

Et en particulier :

À celui qui me surnomme Simone, Richard Girardot. Et à ses enfants.

À Stéphanie et François de Bodinat, mes mousquetaires.

Olivier Barrot, Any Courtade, Marion Mazauric et Luc Levaillant, qui m'ont inoculé le virus de l'écrit.

Sissi de Bodinat pour m'avoir relue à des heures indues et Bernard Bureau qui serait bien allé boire des coups, entre hommes, avec *Eugène*.

Jean-Étienne Cohen-Seat et son proverbe : « Ne te fais pas si petite, tu n'es pas si grande. »

Isabelle Seguin pour sa confiance et sa belle énergie.

Et surtout à Jean-Louis Fournier pour son sens du verbe. Un monument à qui je dois une stèle. Évidemment, je pèse mes mots.

OUVRAGES CITÉS

Catherine Audibert, *Le Complexe de la marâtre. Être belle-mère dans une famille recomposée*, Payot, 2004.
Susann Heenen-Wolff, *La Souffrance des marâtres*, Éditions Fabert, 2010.

PAPIER À BASE DE
FIBRES CERTIFIÉES

Le Livre de Poche s'engage pour
l'environnement en réduisant
l'empreinte carbone de ses livres.
Celle de cet exemplaire est de :
250 g éq. CO_2
Rendez-vous sur
www.livredepoche-durable.fr

Composition réalisée par Nord Compo

Achevé d'imprimer en mai 2013 en France par
CPI BRODARD ET TAUPIN
La Flèche (Sarthe)
N° d'impression : 73240
Dépôt légal 1re publication : mai 2013
LIBRAIRIE GÉNÉRALE FRANÇAISE
31, rue de Fleurus – 75278 Paris Cedex 06

31/7348/1